新・入り婿侍商い帖

遠島の罠(二)

千野隆司

角川文庫
22343

目次

主な登場人物

善太郎　角次郎の息子。角次郎より家督を譲られ、五月女家の当主になるが、隠居して縁戚の昌三郎に家督を譲る。羽前屋に入り婿する。

お稲　羽前屋の跡取り娘。火事で両親を亡くし、お万季が母親代わりとなった。善太郎と結ばれ、お珠をもうける。

角次郎　米問屋・大黒屋の主人。旗本五月女家の次男だったが、入り婿した。兄・角太郎が殺された事件をうけ、一度実家に戻り勘定組頭となったが、事件を解決し再び大黒屋へ。

お万季　角次郎の妻。書の天稟がある。

お波津　角次郎の娘。善太郎の妹。

直吉　大黒屋の一番番頭。米の仕入れと出納を受け持つ。

嘉助　大黒屋の二番番頭。米の販売を受け持つ。

久之助　羽前屋の一番番頭。

嶋津惣右介　南町奉行所の定町廻り同心。角次郎とは共に赤石道場へ通った剣友同士。

銀次郎　日本橋高砂町の米問屋・打越屋の次男。変わり者で知られ、大黒屋に手代の見習に入った。

第一話　赤甘藷の芽

一

梅雨も明けた五月下旬、江戸《えど》の海は夏の日差しを浴びて眩《まぶ》しかった。群れた白い海鳥が、鳴き声を上げ低いところを飛んでいる。彼方《かなた》には、帆を上げた千石船の姿が見えた。広げられた帆が輝いていた。

潮のにおいが濃い。

「おお、江戸の町が見えるぞ。その向こうには、富士《ふじ》のお山まで霞《かす》んでいるぞ」

「こ、これでもう、見納めか」

永代《えいたい》橋下にある御船手組の船着場から出航した流人船は、大川《おおかわ》から江戸の海に出た。船牢《ろう》に押し込められた流人たちの中から漏れた声だった。啜《すす》り泣く声も聞こえてくる。十九人の男たちが、嵌《は》められた格子に顔を寄せた。

重罪を犯して島送りとなった者たちだから、いかにも屈強そうで見るからに悪党面の者がいる。だが押し込められているのは、それだけではなかった。ひ弱な商人《あきんど》ふうもいる。よんどころない事情があったり魔が差したりして、この船に乗る羽目に陥った者である。

角次郎《かくじろう》も、その中にいる。見慣れた町の様子に目をやっていた。

必ず戻ってくる。角次郎の胸の奥には、固い意志がある。そのために動いてくれる者たちがいる。それでもしばらくは見られなくなるかと思うと、寂寥《せきりょう》の念がこみ上げた。

海上には、大小のいくつもの船が人や荷を運んでいる。霊岸島《れいがんじま》へは酒樽《さかだる》を積んだ船が、そして佃島《つくだじま》へは漁師の舟が漕《こ》ぎ寄っていた。流人船は、それらの船とは関わることなく水上を進んでゆく。江戸のどこかの船着場に立ち寄ることはない。

船体が波を受けて揺れた。

「ああっ」

声を上げた者がいた。船に慣れない者なのかもしれない。

「いちいち騒ぐな。外海に出たら、こんなもんじゃあねえぞ」

どやされた。

流人船は、伊豆《いず》の七島を巡るから五百石積みの船になっている。小舟では、荒波に耐えられない。流人たちは船の前方にある長さ三間、横幅六尺、高さ四尺の船牢に押し込められていた。中には雪隠《せっちん》が備えられている。

ここに大人の男十九人は辛《つら》い。出航時には縛は解かれていたが、立ち上がることもできない状態だった。

流人は、牢から出ることは許されない。

船は船頭と水手《かこ》八人が操り、他に警護役の御船手番所の船手同心と下役三名が乗船していた。船の後方には、各島への依頼された荷と、流人が島へ持ち込める品が積まれている。

絶海の孤島での暮らしだから、許された範囲でお目こぼしがあった。とはいえ何でもいいというわけではなく、量にも限りがあった。

流人の縁者には、数日前に出帆日が伝えられる。知らされた親族は、許された範囲の品を出航の前日に届けた。

米は二十俵まで、銭は二十貫文、麦や雑穀、甘藷の類《たぐい》も許された。しかし刃物や書籍、火道具といった品は認められなかった。角次郎は、女房のお万季《まき》と倅善太郎《せがれぜんたろう》の手筈《てはず》で、米二十俵と赤甘藷《かんしょ》百個ほどが頭陀《ずだ》袋に入れられて、船に乗せられた。銭二十貫文は懐にある。

しかしこれは、珍しいことだった。角次郎は本所元町《ほんじょもとまち》で米問屋を商っていた。年七千俵を超す商い高を誇る大店《おおだな》である。だからこそできた。

銭は不要ではない。流される八丈島《はちじょうじま》には店などないが、地獄の沙汰《さた》も金次第という言葉がある。

船には他にも流人の持参品として米俵二十俵と、麦や雑穀の類《たぐい》が少量積まれているが、それ以外にはない。裏長屋住まいの者や無宿者、水呑《みずのみ》百姓だった者は、無一物で流される。銭がないから罪を犯した者がほとんどだ。

次に船が停まるのは、浦賀湊《うらがみなと》である。陸の箱根《はこね》関所と並び称される海の関所、浦賀番所があり、江戸湾を出入りする船を検《あらた》める役割を担っていた。

船は、陸地が彼方に見えるあたりを進んでゆく。天気がいいから、房総《ぼうそう》の山々も窺《うかが》うことができた。しばらく乗ると、大きな町はもう現れない。鄙《ひな》びた町や村が望めるだけだ。

それでも流人たちには、見納めという気持ちがあるらしく、陸地に目をやる者が多かった。角次郎はふっと、誰かに見られているような気がすることがある。しかしそれが誰なのかは分からなかった。

　ほぼ丸二日乗った夕方近く、浦賀の湊に入った。江戸で生まれ育った者から見れば、小さな湊町だが、船が停まると流人たちは声を上げた。ため息を漏らした者もいる。狭い場所に押し込められていた窮屈さだけでなく、いよいよ流される前の最後の土地だという感慨が胸を覆うらしかった。

　送られてきた流人十九名は、甲板に出て座らされる。上陸は許されない。浦賀番所の役人五名が乗船してきて、検問が行われることになった。

　罪科を記した『送り状』をもとに、一人一人確認をしてゆく。

「武州《ぶしゅう》高坂《たかさか》村無宿駒造《こまぞう》、両替屋の番頭を襲い金子《きんす》を奪い大怪我をさせたる罪により、八丈島への遠島。当人に相違ないか」

「へえ。そのとおりでごぜえやす」

　役人の問い質《ただ》しに、告げられたものは返事をしながら甲板に額をこすりつけた。

　そうやって十九人を検めた。これで名と、大まかな罪状、それにどこの島へ運ばれるかが分かった。角次郎が降ろされる八丈島は、九名だった。

　検問が終わると、いよいよ船は外海に出る。御船手番所の役人や船頭と水手たちはいったん下船が許されるが、流人たちは船牢に戻される。

ここからは外海だから、風の向きや潮の流れに気を配りながらの出航となる。船着場を離れたのは、翌未明のことだった。

「陸が、遠ざかってゆくぜ」

東雲《しののめ》の明かりで、微《かす》かにうかがえる山の姿が遠ざかってゆく。三宅島《みやけじま》へ運ばれる二十代半ばの歳とおぼしいやくざ者が、情けない声を漏らした。老婆を殴り倒し、金品を奪った男である。

あっという間に、周囲が海に囲まれた。陸地は見えない。船の揺れがいきなり大きくなった。浦賀までとは、比べ物にならない。

「ひいっ」

虚勢を張っていた者も、船端にしがみついた。ただ浦賀からは、船内の警護が緩んだ。一度にすべての者ではないが、船牢から出され、甲板へ出ることが許されるようになった。

とはいえ振り飛ばされて海へ落ちたら、万に一つも助かることはない。船牢《ろう》に蹲《うずくま》ったままの者もいた。

ここまで来ると、海鳥さえ飛んでいなかった。空にあるのは、夏の雲と強い日差しだけだ。船に酔って、船端から嘔吐《おうと》した者もあった。

「島が見えるぞ」

「山から、煙が上がっているぞ」

大島《おおしま》に近づいたのだった。

「どこまで行っても、あるのは海だけではないか」

そう漏らした者もいたから、島が見えるのは救いになるのかもしれない。呆然《ぼうぜん》と海に目をやっていた者たちの目に、微かな光が宿った。

ここで降りたのは四人だった。

「人が減って、清々したぜ」

下船してゆく者たちを見送りながら口にした者がいた。しかし同調する者はいない。残った者たちは、さらに遠い島へ送られるからだ。

流人の引き渡しが済み、船頭らの休憩が済むと、再び船は出航した。すぐに大島は姿を消し、また周囲を海だけに囲まれる。ここでも角次郎は、誰かに見られていると感じていた。人が減って、それが誰なのか分かった。

寅造《とらぞう》という三十代後半の、筋骨たくましい体つきの悪相の者だった。浦賀での検めで相州《そうしゅう》辻堂《つじどう》村無宿で、呉服問屋の主人を襲い七両を奪って大怪我をさせた。捕えられた罪状はそれだが、他ではもっと酷《ひど》いことをしていそうな陰惨な気配を持っていた。武州無宿で両替屋から金を奪った駒造という男は、船に乗り込んだときから寅造を「兄貴」と呼んでいた。

小伝馬町《こでんまちょう》の大牢で、馴染《なじ》んだのかもしれない。二人も八丈島へ流される。

角次郎と目が合うと、寅造は何事もなかったように目をそらした。どこかで会ったことがあるかと考えたが、浮かんでくる者の姿はなかった。

二番目に立ち寄ったのは新島《にいじま》だ。ここでは二人が下船した。そして次は三宅島で一人だった。これで江戸から乗った者のうち、七人が下船をした。

船牢の中はゆとりができたが、ほっとした顔をする者など、一人もいなかった。

四番目に停まった島は御蔵島《みくらじま》で、ここでは三人が降りた。残ったのは九人で、これが八丈島へ向かう者たちだった。

窮屈だった牢内が、寂しく感じられた。何度も嘔吐して、戻すものもなくなったらしい豊次《とよじ》郎《ろう》という二十歳を過ぎたばかりとおぼしい者が、蹲って呻《うめ》いている。船が島の湊に着いても出ても、目を向ける気力を失っていた。

「目障りだ。向こうへ行きやがれ」

深川《ふかがわ》で地回りの子分をしていた岩吉《いわきち》という三十前後の男が、豊次郎を蹴《け》飛《と》ばした。だらしない姿を目にするだけで、腹が立つらしかった。さらに何度か頬を張ったが、止める者はいなかった。

次は八丈島だが、御蔵島からの距離は、これまでの島と島の間に比べて一番遠いと聞いていた。この二つの島の間を、北上する黒潮が流れた。島の者や船頭たちは、これを黒瀬《くろせ》川と呼んで怖れた。

いよいよ最大の難所を越えることになる。

「甲板には出るな。船端にしがみつけ」

水手《かこ》の一人が叫んだ。そして間もなく、これまで以上の荒波に襲われた。五百石の船が波に持ち上げられ、ずどんと落とされる。その度に、ばさりと水を被《かぶ》った。一同声も出ない。角次郎も寅造も、すべての者が船端にしがみついた。どれほどの時を過ごしたか、やっと船の揺れが収まった。眩《まぶ》しい光の向こうに、二つの山からなる島の姿が見えてきた。

「地の果てだぜ」

誰かが呟《つぶや》いた。

「いや、地獄の一丁目だ」

といった者もいた。

二

八丈島は伊豆七島最南端の島である。面積は約六十七平方粁《キロメートル》で瓢簞《ひょうたん》形、片方ずつに西山（八丈富士）と東山（三原《みはら》山）とがあった。遠くから見ると稜線《りょうせん》はなだらかだが、近くに寄ると、海に接した断崖《だんがい》はそそり立って黒潮の怒濤《どとう》を跳ね返していた。

船にいても、波のはじける音が響いてきた。

船着場に着いた。そこが島のどういう場所かは分からない。江戸からの船が着く場所だから、島一番の船着場だと察しはついたが、いくつかの古い建物があるだけの、辺鄙《へんぴ》な場所だった。漁船らしい小舟が縄で繋《つな》げられていた。

朽ちかけた舟で、それでは黒瀬川は越えられそうもない。

「下りろ」

船手同心に命じられて、九人は船から下りた。江戸を出て、初めて陸に上がった。さすがに角次郎も、初めは体がぐらつきそうになった。豊次郎は這《は》うようにして船から下りたが、すぐには立ち上がれない。

角次郎が体を支えて立ち上がらせた。九人は浜に座らされた。もちろん敷物など藁筵《わらむしろ》一枚さえない。

待ち受けていたのは、島役人と呼ばれる各村の名主と、村人二十人余りだった。まず船から、島に運ばれた品の荷下ろしが行われた。これは流人の持ち込み品だけでなく、江戸から仕入れた村人の用をなす品も含まれている。村人にしたら、流人よりもそちらの方が待ち望んでいたものに違いない。

帰りの船には、年貢米や八丈紬《つむぎ》などの産物が積み込まれた。

浜では浦賀と同じように、名や生まれ、罪状などが告げられて顔が検《あらた》められた。そして総名主らしい老人が、塩辛声で島の掟《おきて》といったものを話した。

村人に危害を加えてはならぬ。物を盗《と》ってもならぬ。島役人の言うことに逆らってはならぬ。流人同士の諍《いさか》いは、流人同士で片をつけよ。火の扱いには、充分に気をつけよ。付け火をした者は、生きてはいられぬ。といったものだった。

一同、頭を下げたまま神妙に聞いた。どのような思いで耳にしていたかは、想像もできない。江戸の大悪党でも、島での暮らしには不安があるのは明らかだった。

総名主の話が済むと、流人の村割が行われた。流人は島に上陸すると、解き放たれて獣のように生きろというわけではなかった。島内には五つの村があり、そのどこか一つに預けられ、名主や年寄といった島役人、流人頭の支配を受ける。

彼らは、何かをしてくれるわけではない。監視役だと考えるのが妥当だと思われた。流人は村人たちにとって、歓迎すべき客ではなかった。ときには村の治安を乱し、食い物を奪う盗人《ぬすっと》にもなる。

どういう基準で村割をするのかは分からないが、角次郎は瓢箪形の島の西にある大賀郷《おおかごう》村の預かりとなった。西山の南側に当たる部分が村になる。他に治兵衛《じへえ》という六十過ぎの老人、三十をやや過ぎた歳と思われる卯作《うさく》という元水呑《みずのみ》百姓、それよりやや歳下の岩吉という元地回りの子分、そしてもう一人豊次郎という商人《あきんど》崩れの若い男の五人だった。

船中で角次郎に不気味な眼差《まなざ》しを向けていた寅造、弟分の駒造、それに背丈は人並みだが、胸厚で丸太のような腕を持った二十代半ばの東助《とうすけ》なる者、ほか一名は、西山の北側にあたる三根《みつね》村の預かりとなった。

この二つの村が、今度の船で運ばれた流人を受け入れた形だ。

大賀郷村の名主は兼五郎《かねごろう》といって、日焼けした深い皺《しわ》のある者だった。歳は初め五十半ばくらいに見えたが、もう少し若いのかもしれなかった。三根村の名主は弥《や》兵衛《へえ》といった。四十代半ばの歳で、団子鼻が顔の真ん中で胡坐《あぐら》をかいていた。

「ついてこい」

兼五郎に言われてついてゆく。角次郎の米二十俵と赤甘藷《かんしょ》は、兼五郎が用意してきた荷車に乗せた。最年長の治兵衛は、痩《や》せて黄ばんだ顔に、いくつもの染みが浮いていた。重い病に罹《かか》っているのは明らかだった。歩くのも辛《つら》そうだ。

「乗るがいい」

角次郎が引いている荷車に誘うと乗り込んできた。すると、他の三人が手伝うと言った。善意ではなく、目当ては荷の米俵なのは間違いなかった。

江戸から食べ物を持ち込んだのは、大賀郷村預かりの流人では角次郎だけだった。しかし三根村の方で、米二十俵を持ち込んだ者がいた。それが寅造だった。別れるとき、また角次郎と目が合った。一瞬だが、挑むような目をした。

兼五郎の住まいは、浜に近いあたりにあった。周辺が畑になっている。粗末な住まいが点々としていて、それが村人たちの住まいらしかった。

名主の家とはいっても、角次郎が回った利根《とね》川流域の名主屋敷とは比べ物にならない粗末な代物だった。庭に何人か人が集まっていた。その中には、女子どもの姿もあった。

五人の流人は、建物の中に入れられたわけではなかった。庭の地べたに座らされた。三十歳前後の女が、茶碗《ちゃわん》に白湯《さゆ》を入れて運んで来た。

「ありがてえ」

一同は大事に啜《すす》って飲んだ。江戸を出て、初めて口にする温かいものだった。そしてこれが、村からの唯一の流人たちへのもてなしだった。

兼五郎が、村の主だった者を引き合わせた。五人は、自分たちの生国と名、できることを伝えた。畑仕事ができると言ったのは、卯作だけだった。

流人は、島では自活が基本である。奉公人になったり小作人になったりするわけではない。村で役に立つような技術があれば、それは使われることになる。

「私たちは、どこに住んだらばよいのでしょうか」

恐る恐る豊次郎が尋ねた。これで追い払われると怯《おび》えたようだ。

「西山の麓《ふもと》の森に、古い小屋がある。今は誰も使っていないので、住みたければ住めばいい。少し歩けば、湧き水もある」

他にも空き小屋はあるが、水場に遠いと言った。とりあえずは、皆がその小屋で寝ることにした。

角次郎は持参した米と赤甘藷を、兼五郎に預かってもらうことにした。命の綱だから、奪われてしまえばおしまいだ。

「分かった。預書を出してやろう」

思いがけず、まともな男らしかった。

一俵の半分を、稗《ひえ》や粟《あわ》、塩に交換してもらう。米に交ぜることで、嵩《かさ》増しして食べる。米だけで食べるなどはしない。二十俵は、できるだけ長くもたせなくてはならなかった。

豊次郎ら四人の面倒を見るつもりはないが、数日くらいは、食べさせてやってもいいと考えた。特に老いて病を持った治兵衛は、放っておけば島のどこかで野垂れ死にするしかない。

「古い鍋《なべ》や桶《おけ》を、譲ってほしい」

煮炊きもしなくてはならない。幸い懐には銭がある。ここで役に立つかどうかわからなかったが言ってみた。

銭を見せると、兼五郎は端の欠けた鍋と大小の桶を寄《よ》こした。雑炊をすくうおたまと椀《わん》も五つ手に入れた。これで何とか食事ができる。村人の案内で、道とはいえない登りの坂道を歩いて、小屋へ行った。

「これに住むのか」

岩吉が驚きの声を上げた。怒りというよりも、驚きと落胆があった。草葺《くさぶ》きの屋根や壁が一部剝《は》がれている。雨が降ったら、寝てはいられないだろう。そろそろ夕暮れどきで、西日が当たっていた。

小屋の中は土間で、枯草などを敷けば使えそうだった。十畳ほどの広さがあるので、五人が寝るには問題なかった。

「修理して使うしかあるまい」

角次郎の言葉に、他の者は頷《うなず》いた。それから村の者に、湧き水の流れる場所を聞いた。村人はそれで引き上げ、五人が残った。動けない治兵衛を置いて、四人で教えられたばかりの水場へ行った。

道のない坂を下って、少し歩いた場所だった。豊富な水量とはいえない。ただ夜に大桶をしかけておけば、朝には満杯になっていそうだった。夜食の分だけの水を汲《く》んで、小屋に戻った。

この頃には、小屋はすっかり薄闇に包まれていた。石ころを拾って積んで、竈《かまど》を拵《こしら》えた。枯れ葉や小枝、薪《まき》代わりになりそうな木を探すのは容易《たやす》かったが、問題が一つあった。

「どうやって、火を熾《おこ》すんだ」

卯作が呻《うめ》いた。岩吉と豊次郎は、きょとんとした顔で見つめ合った。火種などない。角次郎も、火熾しまではしたことがなかった。

「村へ行って、貰《もら》ってくるのか」

　いざとなれば仕方がないが、できればこちらで何とかしたかった。

「板になりそうな木と、真っ直ぐな枝を探してこい」

　横になっていた治兵衛が言った。

「えっ」

　老人は、火熾しができるらしかった。四人で適当な板と枝を探した。それで、だるそうに横になっていただけの老人の体が、しゃきっとなった。平たい木の凹《へこ》み部分に枝の先を当てて、回転させた。

　しばらくは何の変化もなかったが、煙が出始めた。種火ができたのである。枯れ葉を燃やして、とうとう赤い火を灯《とも》らせた。

　稗交じりの米と塩で、粥《かゆ》を炊いた。稗の割合が七割だ。

「これじゃあ、稗ばかりじゃあねえか」

　豊次郎は不満を口にした。

「嫌ならば食うな。村へ行って、うまいものを食わせる店を探せ。その間に、おめえの粥は食っておく」

岩吉が返すと、豊次郎は慌てて椀に手を出した。

島での初めての食事だ。何であれ、腹に入れなくてはならない。竈の火だけが、唯一の明かりだった。

話をする者はいない。初めは粥を食う音だけが聞こえたが、それに豊次郎の啜り泣く声が混じった。絶望と無念、向けようのない怒りと悲しみが、男たちの胸に満ちていた。

海鳴りの音を聞きながら、最初の一夜を過ごした。

三

本所元町の表通りにある米問屋大黒屋《だいこくや》は、間口が五間半ある大店《おおだな》だ。一年の商い高は七千俵を超し、本所深川界隈《かいわい》の米商いの者ならば知らない者はいない。

しかしすでに明るいというのに、店の戸は閉じられたままだった。その前に、善太郎は立った。店の手代の茂助《もすけ》を伴っていた。

同業の深川今川町《いまがわちょう》の問屋羽前屋《うぜんや》とは、長年にわたって仕入れや販売で力を貸し合ってきた。大黒屋の主人は角次郎で、羽前屋の主人善太郎はその倅《せがれ》だった。羽前屋の先代恒右衛門《つねえもん》が亡くなって、善太郎は孫娘のお稲《いね》と祝言を挙げたのである。
二つの店の結束は、それでさらに強くなった。羽前屋は五千俵の商いをする店だから、合わせれば一万二千俵の商い高となる。さらに二つの店では、資金を出し合って、傘下に蔵前《くらまえ》の札差《ふださし》羽黒屋《はぐろや》を置いていた。大名の年貢米である藩米、その年貢の残りを買い入れた商人《あきんど》米、そして札差を持ったことで安定した仕入れ量を見込める幕府米を扱うことができるようになった。

　順風満帆といっていい成り行きだったが、今年の三月にとんでもない出来事が起こった。角次郎が、八百石の旗本吉根《よしね》十太夫《じゅうだゆう》の年貢米百俵を横流ししたという嫌疑をかけられたのである。吉根家の用人熊井《くまい》兵衛《ひょうえ》と謀ってのことと見られた。

　熊井は百俵の米の代を懐にして姿を隠した。不正の首謀者は熊井と見られたが、角次郎がその手助けをしたという証言も現れた。これらは状況証拠にしかならなかったが、熊井は殺害され、その場面に角次郎が居合わせたことで、窮地に追い込まれた。

　さらに、吉根家の知行地から荒川川口《あらかわかわぐち》河岸への百俵の移動について関与を示唆する証言まで出て、角次郎の不正の共謀説は動かしがたいものにされてしまった。

　米問屋の主人が、旗本家の用人と組んで、年貢米を不正に得ようとした。そして用人の命まで奪ったという事件になった。熊井殺しの実行犯は捕縛されなかったが、角次郎の共謀は事実として処理された。捕えられ、罪状が決定してしまった。

角次郎は死罪、大黒屋は闕所《けっしょ》になるという事態になったが、この事件には陰謀の影があった。角次郎と昵懇《じっこん》だった大目付中川忠英《なかがわただてる》、および善太郎と昵懇だった御使番大村秀之《おおむらひでの》助《すけ》の尽力で、角次郎は死罪を免れ八丈島への遠島という処罰になった。

すでに角次郎を乗せた流人船は江戸を発《た》ち、大黒屋は三十日の戸締《とじめ》となり、商いは羽前屋預けと定められた。

羽前屋へ婿に入った善太郎が、大黒屋の商いにも関わった。店は開けていなくても、顧客対応はかかさず行った。角次郎がいないからという言い訳は、一切しない。そうならない商いを目指した。

奉公人は、店の裏口から出入りをした。納屋は竪《たて》川河岸と六間堀《ろっけんぼり》河岸にある。そこを配達の拠点にした。刈り入れの時期ではないから、新たな入荷は少ない。それが幸いだった。

今日も善太郎と茂助は、裏口から大黒屋の建物に入った。

「おはようございます」

奉公人たちが挨拶《あいさつ》をする。「いらっしゃい」とは言わない。善太郎はここで幼少期を過ごしてから、角次郎の実家である旗本五月女《さおとめ》家へ移った。

父の角次郎は五月女家の次男坊に生まれて、当時舂米屋《つきごめや》だった大黒屋の娘お万季と祝言を挙げて婿となった。善太郎とお波津《はつ》の二人の子をもうけたが、兄が亡くなって、角次郎は五月女家を継がなくてはならない事態になった。

勘定組頭を務めた後、家督を善太郎に譲って隠居し大黒屋の主人に戻った。五月女家の当主となった善太郎も勘定方に出仕したが、羽前屋のお稲の腹に子が出来た。一時は親族の間で揉《も》めたが、今は五月女家の家督を血縁の勝田昌三郎《かつたしょうざぶろう》に譲って、羽前屋の主人になった。

　大黒屋は羽前屋扱いになったのは、中川や大村がそれらを踏まえた政治的な力を加えたからに他ならない。

　善太郎は帳場に入って、一番番頭の直吉《なおきち》と二番番頭の嘉助《かすけ》と向かい合う。これにお万季とお波津が加わった。もちろん手代たちも顔を揃える。

　今日は、仕入れ先への対応について話し合うことになっていた。大黒屋は下総関《しもうさせき》宿《やど》藩の御用を受けて、年貢米の仲買をしている。関宿藩邸へは、事件後すぐに藩邸へ行って江戸家老の喜多山図書《きたやまずしょ》に事情を伝えた。

　喜多山と角次郎は、善太郎が生まれる前からの付き合いだから、案じてはくれても、御用達を切るという話にはならなかった。

問題は利根川や支流の思川《おもいがわ》などの周辺に点在する村々から仕入れる、商人米だった。大黒屋の仕入れとしては、一番大きな割合を占めた。この米は村名主の一存で、他の問屋に替えられてしまうことが少なくなかった。だから角次郎も気を使っていた。

その仕入れの担当に当たっていたのが、直吉だった。しかし大黒屋を巻き込んだ嵐のせいで、充分な対処ができていなかった。

善太郎が直吉に言った。

「今度こそは行って、詳しい事情を話してきてもらいましょう」

「ええ、一日も早い方がいいでしょう。仙波《せんば》屋《や》や倉田《くらた》屋《や》の者が、先に廻《まわ》ってとんでもない噂話をまき散らしているはずです」

お万季が続けた。角次郎を奪われた厄難から、まだ立ち直っているとは思えないが、気丈な口ぶりだった。実の母親ながら、この人は強いと善太郎は感じる。

お万季が口にした仙波屋と倉田屋というのは、どちらも米問屋で、大黒屋と角次郎を嵌《は》めようとした一味の片割れだった。大黒屋と角次郎の悪評を広めて、仕入れ先を奪おうとしているのである。

「ではすぐに支度をしてもらいましょう。そのときには平太《へいた》も連れていってもらいます」

平太は手代の中では一番の歳上で、角次郎や直吉が育ててきた。次の代の大黒屋を支える者として、期待をされている。

「はい。お供いたします」

目を輝かせて、平太は声を上げた。

「売り先の方は、順次廻っています。お客の返答は、いろいろです」

売掛担当の嘉助は、厳しい顔をした。江戸の小売りの店や料理屋、一膳飯屋《いちぜんめしや》などを廻っている。これには手代の銀次郎《ぎんじろう》なども加わっていた。大口のところには、善太郎が顔を出した。

「角次郎さんが、人を殺《あや》めさせたり荷の横流しに関わったりするわけがない。必ずや無実は明らかになりますよ」

と好意的なことを言ってくれる顧客は少なくないが、そういうところばかりではなかった。

「何であれ流人を出した店の、品を仕入れるわけにはいきません」

はっきりと告げてくる店も少なくなかった。角次郎の人物やこれまでの商いは認めても、これからの売買は別だと考える者たちだ。丁寧に話しても、受け入れられない。

「辛抱強く、続けるしかないでしょう」

お万季が言った。善太郎も、何度でも足を運ぶ覚悟があった。

商いの打ち合わせが済んだ頃に、南町《みなみまち》奉行所の定町廻《じょうまちまわ》り同心嶋津《しまづ》惣《そ》右《う》介《すけ》が台所口から顔を出した。声をかけただけで、遠慮なく上がってくる。

嶋津は角次郎と共に下谷車坂《したやくるまざか》にある直心影《じきしんかげ》流赤石《あかいし》道場で、共に剣を学んだ同門である。道場だけでなく、親しい付き合いを何十年にもわたって続けてきた。

「商いは、どうか」

「厳しいですが、皆が精を出しています」

善太郎は、嶋津の問いかけに答えた。

「今頃は、八丈島に着いているのではないか。あやつのことだから、抜かりなくやっているだろう」

自分に言い聞かせるような、嶋津の言い方だった。江戸から八丈島まで、順調に行けば五日から六日で着くと言われている。

「ええ、そうあってほしいものです」

お万季やお波津に聞こえるように、善太郎は口にした。

「角次郎を奪い返す手立てを、練らねばならぬ。仙波屋八十右衛門《やそえもん》や倉田屋吾平《ごへい》だけでなく、大槻《おおつき》瀬左衛門《せざえもん》や吉根十太夫も次の企《たくら》みをしてくることだろう」

「はい。川越《かわごえ》藩十五万石松平《まつだいら》家の跡目相続の件が絡んでいますからね」

苦々しい気持ちを押し殺して返した。

吉根家の米百俵に関する不正は、単に用人熊井兵衛の企みというのではなく、背景があった。川越藩ではまだ表沙汰《おもてざた》にはなっていなかったが、世子の決定について藩内は割れていた。

武州川越藩松平家は、家康《いえやす》の次男秀康《ひでやす》を祖とする越前《えちぜん》系松平家の一つで、名門中の名門といっていい。その藩主直温《なおのぶ》はまだ二十二歳だったが、病重く回復の見込みは立っていなかった。跡取りとしては、直温には男子がなく、二歳下の弟斉典《なりつね》が有望視されていた。しかし藩の年寄である大槻は、斉典ではなく、同じ越前系松平家の松江《まつえ》藩十八万六千石当主の松平斉恒《なりつね》の次男敬次郎《けいじろう》を推した。斉恒の正室はその後に直貴《なおたか》を産んでいたが、敬次郎の母は側室だった。そこで歳は下でも直貴が長子とされ、世子の地位を得た。敬次郎は松江藩を継げなくなった。

ここに目をつけた大槻は、敬次郎を川越藩世子の地位に就けようとした。越前系松平家の間では、養子縁組は珍しくない。

この企みがうまくいけば、大槻は家老に昇進できる。敬次郎は幼君ゆえ、後見人として藩政を動かせる。ただ順当に考えれば、川越藩の跡取りになるのは斉典の方だ。川越藩分家の吉根十太夫は、大槻の企みに乗ったが、さらに同志を増やすためには、多額の資金が必要だった。

大槻の企みに資金の面で力を貸そうとしたのが、川越藩出入りの米仲買問屋仙波屋八十右衛門と倉田屋吾平だった。仙波屋は川越藩の藩米だけでなく、荒川流域の商人《あきんど》米も扱うので、年間一万俵の商い高を誇った。野心家で、さらに商いを大きくしたいという野望を持っていた。これに商いが芳しくなかった、同じ川越藩出入りの仲買問屋倉田屋が加わった。

仙波屋が目をつけたのは、一介の舂米屋から七千俵の商いをするまでになった大黒屋だった。この仕入れ先と顧客を奪おうとしたのである。

吉根家の米百俵を、用人熊井の不正に絡めて、大黒屋と角次郎を嵌めたと善太郎や嶋津は考えていた。

「まず、明らかにしなくてはならないことを確認しよう」

お万季が運んで来た、冷やした麦湯を飲み干したところで嶋津は言った。そこを明らかにしてから、調べを改めて行う。嶋津は町奉行所の同心という立場だけでなく、角次郎の知己として調べに当たる決意を見せてくれていた。

「はい。何よりも捜したいのは、下谷《したや》三《み》ノ輪《わ》町のしもた屋で熊井を斬った人物です。深編笠《あみがさ》を被《かぶ》った侍が、逃走する姿を見た者は複数あります」

　角次郎も平太も目にしていた。

「吉根家の家臣、杉沼太四郎《すぎぬまたしろう》ではないかと見ているわけだな」

杉沼は、法神《ほうしん》流の遣い手だということは分かっている。

「はい。しかし逃げられました。北町《きたまち》奉行所の与力笹江《ささえ》甚兵衛《じんべえ》様も捜していますが、見つけられません」

　不審者を追って、角次郎はしもた屋へ行ったが、熊井はそこで殺害されていた。角次郎の体に返り血などはなかったが、何者かに指図をしたのではないかと疑われた。誘《おび》き出されたのは明らかだが、状況証拠としては圧倒的に不利だった。

「次は、熊井の足取りだな」

「熊井は百俵の代を大黒屋から受取ったが、その後金を持ったまま行方を晦《くら》ましました。そして東本願寺《ひがしほんがんじ》の東側にある東光寺《とうこうじ》に、青井征四郎《あおいせいしろう》の名で潜んでいました」

「仙波屋の菩提寺《ぼだいじ》だったそうだな」

「そうです。熊井はそこから呼び出されて、三ノ輪町のしもた屋へ行きました」

「訪ねて来て呼び出したのは、人足ふうの男だったそうだな」

「ええ。祥念《しょうねん》という小坊主が、取次ぎをしています」

このとき人足ふうの男は、「角次郎」と「大黒屋」という言葉を口にした。祥念は聞いていたと証言した。

「その人足ふうを、捜し出さなくてはならぬな。誰に頼まれたかを言わせなくてはならない」

角次郎が行かせたと思わせるために、わざと名を祥念に聞かせたと踏んでいる。

「不正に運ばれた吉根家の百俵は、船頭八助《やすけ》が操る豊丸《ゆたかまる》という荷船で、川口河岸から江戸へ運ばれました。八助の話では、吉根の知行地から川口河岸まで運んだのは、父上が手配した人足たちだと熊井が言ったということです」

この証言も、状況証拠の一つになった。

「その手配に角次郎が絡んでいなかったことが明らかになれば、証拠の一つが崩れるな」

「ですから、そこもはっきりさせなくてはなりません」

「細かなことは他にもあるにしても、この三つが崩れたら、冤罪《えんざい》を晴らすことができそうだな」

「はい。八丈から、呼び戻すことができます」

　手分けをして当たる。角次郎が江戸を離れて今日まで、顧客の対応に当たってきた善太郎だが、それに追われてばかりではいられなかった。

四

　大黒屋での打ち合わせを済ませた後、善太郎は羽前屋へ戻った。同道していた茂助は、羽前屋の顧客廻《まわ》りに出かけた。

　茂助と姉もゑは直参の子弟で、札差羽黒屋の札旦那《だんな》だった。しかし借金苦で家が潰《つぶ》れて、もゑはお稲の仲介で五月女家に奉公をした。そして商人を目指していた茂助は、羽前屋へ手代として奉公した。

　もゑは角次郎の母久《く》実《み》に気に入られ、五月女家の新当主となった昌三郎と祝言を挙げた。大黒屋や羽前屋と、近い縁戚《えんせき》となったのである。茂助はもともと帖《ちょう》付けや算盤《そろばん》の稽古《けいこ》を積んでいたので、若いが手代として使えた。将来、羽前屋を支える商人の一人になると、善太郎は期待していた。

姉弟《きょうだい》は東軍《とうぐん》流の柔術を学び、腕前は見事だった。

「お帰りなさいまし」

善太郎が敷居を跨《また》ぐと、奉公人たちが声をかけてきた。店の奥の帳場では、女房のお稲と、一番番頭の久之助《きゅうのすけ》と二番番頭の伊助《いすけ》の三人が、打ち合わせをしていた。

生まれて間もなく火事で両親を亡くしたお稲は、祖父の恒右衛門に羽前屋の跡取り娘として育てられた。腹に善太郎の子を身ごもったとき、一人で子を育て、羽前屋の女主人として過ごす道を選んだ。

結果として善太郎と祝言を挙げたが、商いに関する思いは強かった。

商いについても口を出し、勘定方の武家として過ごした善太郎を支える働きをした。善太郎が大黒屋の商いに関われるのは、羽前屋の三人がいるからに他ならない。

店の裏手で、九歳の娘が子守唄《うた》を歌っている。その声が、聞こえてきていた。子守りのお咲《さき》が、生後六か月のお珠《たま》に聞かせているのだった。大黒屋近くの裏長屋で祖母と二人暮らしをしていたが、その祖母が亡くなった。

天涯孤独の身の上になったが、お波津が憐《あわ》れんで羽前屋で引きっとってくれないかと頼んできた。お珠の子守りが必要だったから、奉公をさせた。

「あの子は、よく面倒を見ます。すっかり懐きました」

お陰でお稲は、仕事にも掛かれる。お咲は、生きる場を見つけたのだった。

「先ほど、相川《あいかわ》町の房州屋《ぼうしゅうや》さんが見えました」

お稲が報告した。

「それは、大黒屋の客ではないか」

「いろいろあったので、大黒屋ではなく羽前屋からの仕入れにしたいと言ってきたのです」

困惑顔だった。

「他にも、そういうお客さんがありました」

久之助が言い添えた。

「そうか」

離れて行く客ではない。二つの店の関係を知っていて、申し出てきたのである。

大黒屋の危機に、客を取ってしまうようで気が引けると伊助が言った。

「しかしいずれ冤罪は晴れる。それまでのことだと考えれば、大黒屋の者は何とも思わないだろう」

「そうでしょうが」

「客の思いを受け入れるのは大切だ」

善太郎の言葉で、受け入れることに決めた。そこへ三人の侍の客が、姿を現した。どれも不機嫌そうな面持ちだった。

「これは」

吉根十太夫と家臣の杉沼太四郎、そして腰に十手を差した北町奉行所与力の笹江甚兵衛だった。まさに敵だと思っている者たちだ。

善太郎にしてみれば、大黒屋と角次郎に奸計《かんけい》を巡らせてきた、怒りと恨みの対象である。しかしそれを顔に出してはことが進まない。ともあれ店の裏手にある商談用の部屋へ、三人を通した。

形ばかりの挨拶《あいさつ》を済ませてから、善太郎は用件が述べられるのを待った。口を開いたのは、杉沼だった。

「熊井兵衛は、当家の米百俵を横流しした。角次郎はその仲間で、邪魔になった熊井を殺害させた」

「………」

胸を張って言っている。善太郎はふざけるなという気持ちを、抑えつけた。

「角次郎は流罪となったが、当家には百俵の米なり売り上げの代価なりは入ってはおらぬ。それをいつ返却するのか、聞くために参った」

「主人流罪の直後であり、店もいろいろあったろうゆえ、あえてこちらは問わなかった。しかし今になっても何も言ってこぬゆえ、知らせに参った」

吉根は傲岸《ごうがん》に、しかもどこか恩着せがましい口ぶりで告げた。

「角次郎は、犯行を認めてはおりませぬ」

それでも流罪となったのは、川越藩からの力が働いたからだと感じている。ここは引けないところだった。けれども犯行は認めなくとも、状況証拠と川越藩の大槻瀬左衛門の動きで角次郎は流罪になった。

それを前提にして、吉根は要求をしていた。こちらを、少しでも追い詰めようという算段だ。百俵の代価は、おまえらが懐に入れたのではないか……。と言い返したいところだ。

笹江を同道してきたのは、このやり取りを町奉行所の者に見させるためだと解釈した。

怒りはますます大きくなったが、顔には出さない。もちろん払う気もなかった。ただここで抗《あらが》っても、得るものはない。

「今の騒ぎでは、金子《きんす》はどうにもなりませぬ」

と伝えた。

「ならば取り立てての慈悲だ、ありがたく思え。六月末まで待ってやろう」

「…………」

「もしそれでも払えないならば、店にある百俵をもらい受けよう」

期限を区切るだけでなく、払わない場合の対応にも触れてから、吉根と杉沼は引き上げていった。

「塩を、まきましょうか」

伊助が言った。やり取りを聞いていたらしい。

「いや」

そこまではしないが、やりたい気持ちはあった。

ただ笹江は、店に残った。吉根らがいた間は一言も口を挟まなかったが、何かを言いたいらしかった。元の部屋へ戻った。

「あの二人は、胡散臭《うさんくさ》い。拙者が付き合ったのは、川越藩の重臣が北町奉行に声かけをしたからだ」

しぶしぶ付き合ったのだと言いたいらしかった。

前は角次郎が主犯だと見て調べを入れてきたが、今は違う様子だった。永代橋で流人船を見送ったとき、笹江は欄干の傍に姿を現した。都合よく証拠がでてきたことを不審に思うという趣旨の発言をした。

「調べは終わっていない」

とも口にした。忘れてはいない。何を言い出すのかと、善太郎は笹江の顔を見詰めた。

「熊井の殺害をなした者を捕え、誰がやらせたかを喋《しゃべ》らせなくては、この一件は落着とはならぬ」

「いかにもでござる」

善太郎は、武家言葉で答えてしまった。

「やつらはそれなのに、流罪という強引な形で、幕引きをした」

それが怪しいと、考えているらしかった。熊井を斬った深編笠《あみがさ》の侍は、まだ追えていない。無念であると付け足した。

「もう一つ、得心がいかぬことがある」

首を傾げた。角次郎が捕えられる前まで、笹江はいつも自信ありげにものを言った。しかし今は、微妙に様子が違う。

「何でしょう」

「下谷三ノ輪のしもた屋に熊井がいた件だが、拙者は投げ文があって知った」

「なるほど」

「しかし誰が投げたのか、まったく覚えがない」

大黒屋や羽前屋のわけがない。となれば誰なのか。

「角次郎を殺害の一味と思わせるためには、あの場に笹江様がいなくてはなりませんね」

「そういうことだ。拙者をあの場へ行かせたい者が、投げ文をしたことになる」

「逃げた深編笠の侍を、使った者ですね」

「そうだ」

笹江は具体的な名は出さないが、それを吉根か倉田屋あたりで考えているのかもしれない。

「その方も、父親を島から呼び戻すために、調べを進めるであろう。何か分かったら、伝えてやる。手も貸すぞ」

「…………」

これは驚いた。遠島の処罰を目の当りにして、疑念の向きが変わったようだ。

「その代わり、大事なことが分かったら知らせてよこすがいい」

これだけ言い残して、笹江は引き上げた。

五

角次郎は海鳴りの音で目を覚ました。八丈島での最初の一夜が明けようとしていた。江戸を出て、久々に揺れない地上で寝た。剝《は》がれたままの屋根の間から、星空がのぞいている。

鼾《いびき》が聞こえた。得体の知れない男が四人、横に並んで寝ている。不気味な気がした。

日々の暮らしでは、いつもお万季が横で寝ていた。それがない空虚さを、改めて感じた。

お万季は何も言わなくても、いるだけで支えになっていた。傍にはいないが、江戸では自分の帰りを待っている。大黒屋や羽前屋のことを考えて、生きるための気力を奮い起こした。

伸びを一つして起き上がった。

小屋に寝たのは、角次郎の他に卯作と豊次郎、治兵衛と岩吉の五人だった。島の暮らしは自給自足だ。兼五郎から使用を許された小屋は、晴れた夜だったから寝られたが、雨や強風があったら耐えがたいものになる。

角次郎は、小屋に一俵の稗《ひえ》交じりの米を置いていた。他の四人は、これを目当てについてきたのは明らかだった。他に行き場もない。

大人五人が食えば、一俵など瞬く間に消えるが、追い払う気持ちはなかった。

角次郎が起き上がっていたせいで、治兵衛が目を覚ました。「おおっ」と力のない声を漏らした。半身を起き上がらせようとするが、なかなかできない。胃の腑《ふ》に痛みがあるらしかった。

「あんたは、寝ていたらいい」

角次郎は言った。流人船に乗ったばかりの頃よりも、容態は悪くなっているようだ。江戸からの五日にもわたる窮屈な船旅は、きつかったに違いない。

浦賀の検《あらた》めでは、行き倒れの者の衣服と銭を盗んで捕えられたということになっていた。そこに至る細かい事情は知る由もないが、罪を犯した以上、処罰は受け入れなくてはならなかった。自分でも罪状を認めている様子で、だから苦しみや痛みを、自ら口にすることはなかった。

桶《おけ》に残っていた水を飲ませてやった。その間に卯作が目を覚まし、岩吉も目を開けた。最後まで寝ていたのは豊次郎で、岩吉が容赦なく蹴飛《けと》ばして目を覚まさせた。

それから、朝飯を拵《こしら》える。岩吉と豊次郎が水を汲《く》みに行き、卯作が食べられる野草を摘んできた。

「おれは水呑《みずのみ》だったから、凶作のときは、食える野草を摘みました」

これは助かった。

火熾《おこ》しは、治兵衛が起きてした。起き上がらせるのは気が引けたが、これだけは頼まないとどうにもならなかった。

「なあに。おれは、これしか役に立つことはねえ」

治兵衛は言った。手際はきちんと目にしているので、そう遠くないいつかには、他の者もできるようになると思っている。

粥《かゆ》を啜《すす》り終えると、一日の仕事が始まる。

「出て行きたい者は、出て行けばいい。ここで暮らそうというのならば、小屋を使えるようにしなくてはなるまい」

角次郎は告げた。兼五郎は小屋を使ってもいいとは言ったが、ここで暮らせとは命じていない。どうするかは、各自の勝手だった。

「おれは、ここにいる」

真っ先に言ったのは卯作だった。岩吉と豊次郎も頷《うなず》いた。治兵衛は、はなからここに置いておくつもりだった。出ては生きていけない。

「では、屋根を葺《ふ》いていこう」

枝や大きな葉、雑草など使えそうなものを集めさせた。大工の心得がある者などいないから、我流で枝を梁《はり》代わりにして空いている屋根を埋めた。水が漏っては意味がないので、念入りにやった。

ただ使える枝を探すのに手間取った。

「鋸《のこぎり》でもあれば、わけがないんだが」

材料集めがはかどらない。流人は刃物を持つことが許されないから、枝は何人かでぶら下がって折り取らなくてはならない。都合よく削ることもできない。

「村から、かっぱらってきやしょうか」

あたり前のように、岩吉が言った。

「だめだ。盗みをしたら、小屋へは置かない」

即座に、角次郎が返した。島への上陸の際に、総名主が掟《おきて》として盗みのことに触れていた。

「へえ」

しぶしぶといった様子で、岩吉は頷いた。治兵衛を除けば、角次郎が最年長だ。

米俵のこともあるからか、この段階でもう角次郎は頭格になっていた。次に年嵩《としかさ》の卯作が、指図を求めてくる。

開いていた部分を塞《ふさ》いで、上に重しになる石を置いた。

屋根が済んだら、壁の補修をする。ただ夏なので、できるだけ風通しがよくなるようには工夫した。昼下がりになって、かろうじて住めそうな小屋ができた。

「雨が漏れたら、またそこを枝や葉で埋めやしょう」

卯作が言った。

道具がないのは、何をするにも厄介だ。集めた木材の中で、使えそうなものを石にこすりつけて、小枝を外したり尖《とが》らせたりした。

充分とはいえないが、道具らしいものはできた。とはいえそれを使う場は、今はない。

「このままでは、じきに食べ物は底をつく。それぞれが、生きていけるようにしなくてはならない」

角次郎は告げた。

「ええっ」

まず豊次郎が、困惑と怯《おび》えの声を上げた。頼る者もいない絶海の孤島で、生きていかなくてはならない。何をどうしたらいいか、見当もつかないだろう。

　浦賀湊《みなと》での検めでは、隠居の老人を襲って大怪我をさせ、遠島となったとされていた豊次郎は、元は何処かの商家の倅《せがれ》で久離《きゅうり》の身だった。詳細は分からないが、甘やかされて育ち、身を持ち崩した若旦那《わかだんな》という印象だ。

「てめえの食い扶持《ぶち》は、てめえで探すしかあるまい。夜露を凌《しの》いで寝られるところがあるだけでもありがてえ」

　そう言ったのは、卯作だった。深川の人足で、死傷者の出る喧嘩《けんか》騒ぎに紛れて、その首謀格とされた。武州新座《にいくら》郡白子《しらこ》村の水呑百姓の出で、無宿者として扱われたらしい。

「すぐに食えるようになるかどうかは、分からねえ。少しの間、そういうときには食わせてくれやせんかい。角次郎の旦那」

　そう言ったのは岩吉だった。卯作や豊次郎とは、様子が違う。上州《じょうしゅう》無宿で、博奕《ばくち》場で捕えられるとき捕り方に怪我をさせた。堅気ではなく、見た様子では地回りの子分といったところだった。

　これが一番曲者《くせもの》に見える。断れば目を離した隙に、食い物を奪って行くかもしれない。

「わかった、そうしよう」

その言葉で、豊次郎もほっとした顔を見せた。それでも、怯えと不安は消えないらしい。

「わ、私は、とても島では暮らせない」

すると岩吉が、豊次郎を蹴飛ばした。おどおどする様子に、腹を立てたらしかった。

「できないならば、さっさとくたばれ。てめえが死んだって、困る者は一人もいねえんだ」

どやしつけた。

角次郎も卯作も、二人のやり取りは聞き流した。

翌日、動けない治兵衛は置いて、四人は小屋を出て村を廻《まわ》って生きる糧を探すことになった。豊次郎は一人で出るのが不安らしく、誰かに声掛けをされるのを待ったらしい。だが卯作も岩吉も、かまわず行ってしまった。

角次郎も、豊次郎にはかまわず歩いて集落のある場所へ出た。

流人が農家へ行って、仕事を貰《もら》うために頭を下げている姿を目にした。村人は、野良犬を追い払うように手を振ってからは、見向きもしなかった。

　ざっと見ただけでも、貧しい集落に見えた。己らが食べるだけでもやっとならば、流人に仕事などやれないだろう。

　村を廻ってみた。確かに水田はあった。田植えも済んで、稲は育ち始めていた。しかし角次郎の目から見れば、上質の稲とはいえないものだった。大黒屋でも羽前屋でも、到底相手にしない品質だった。

　多くは畑で、麦や粟《あわ》、稗《ひえ》などが植えられている。赤甘藷《かんしょ》の畑もあった。そろそろ植え付けの時期で、これを手伝う流人の姿があった。

　流人かどうかは、すぐに分かった。貧しい村人もいるが、流人はそれ以下だ。どれも襤褸《ぼろ》雑巾《ぞうきん》のようなものを身にまとっている。もとの色や柄が分からない。八丈島の特産には黄八丈があるが、どこの家でもそれをしているわけではなさそうだった。機織りの音が聞こえる家もあるが、流人が手伝う仕事などあるようには思えない。また建物も、それなりの広さがあって手入れの行き届いたものとそうでないものの差は大きかった。

　機織りの音が聞こえる家は、村の中では豊かな方だった。

　そして角次郎は、海辺の集落へも行った。晴天だから、海が眩《まぶ》しかった。浜に立っても、海しか見えなかった。

漁業は行われているらしい。船着場で流人らしい二人が、網の手入れをしていた。腐った魚のにおいがした。

「舟に乗って、海に出ることはないのですか」

角次郎は声をかけた。

「ねえ。何年か前に、沖へ出て漁師を海に投げ込んだ者がいた。その船で島抜けをはかったんだ。以来、おれたちは船に乗ることができなくなった」

「迷惑なやつがいたもんだぜ」

稼ぎの口が、その分だけ少なくなったことを言っている。流人は今、漁船洗いや漁具の手入れといった浜仕事しかできない。

「おめえは、昨日着いた船で来た者だな」

「そうです」

「迷惑な話だ。おめえらが来たって、島の食い物は増えるわけじゃあねえ。かえって仕事がなくなる。食う口だけが、増えるわけだからな」

恨みさえ感じる言い方だった。島で生きて行くことの困難さが伝わってきた。

さらに歩いて、違う集落へ向かった。林の道を歩いてゆくと、男の怒声が聞こえた。四人の人影が樹木の間に見えた。

「あれは」

豊次郎が、三人の前からいる流人に殴られているのだった。

「この野郎。おれの仕事を盗《と》ろうとしやがって」

「と、盗るだなんて。私にもやらせてほしいと、言っただけでして」

「それが余計なんだ」

また殴られた。すでに鼻血を出している。目の淵《ふち》も赤く腫《は》れていた。すでに数発やられたところらしい。

角次郎は、その様子を見ていた。殺されそうになったら、助けに入るつもりだった。

軟弱者の豊次郎も、一人でこの島で生きていかなくてはならない。助けてくれる者があるなどとは、期待してはいけない。

安易な手出しは甘えを生む、という角次郎の気持ちだった。

さんざん殴って、脅しを口にしてから、流人たちは引き上げていった。

「しっかりしろ」

しこたま痛めつけられた豊次郎を背負って、角次郎は小屋へ戻ることにした。豊次郎が、背中で啜《すす》り泣いていた。

六

小屋が見えるところまで来て、角次郎は足を止めた。

「はて」

せっかく整えた小屋が、荒らされていた。草木で埋めた壁に穴があけられている。何者かに襲われたのだ。

角次郎がまず気になったのは、留守番をしていた病の老人治兵衛だった。背負っていた豊次郎を放り出して、小屋に駆け寄った。

開いたままになっていた戸口から中へ駆け込んだ。すると血のにおいが、鼻を衝《つ》いた。

「これは」

治兵衛が、血まみれになって倒れていた。しかし息はしている。角次郎に気づいて、何か言おうとしていた。

「しっかりしろ」

抱え直して、雑草を敷いた寝床に横にならせた。そして手で、桶《おけ》にあった水で傷の場所を洗ってやった。薬を塗ってやりたいが、それはできない。幸い、骨折などはしていなかった。

「こ、米の俵を、盗っていきやがった」

ゆっくり、事情を話させた。たどたどしくて聞き辛《づら》い。整理すると、次のようなことらしかった。

角次郎らが出かけて一刻《いっとき》ほどした頃、顔を布で覆った三人組の者が現れた。二人は襤褸雑巾を身にまとった前からの流人で、もう一人は身なりからして新しい流人だと思われた。

物も言わずに入ってきて、小屋の中を物色した。そして米と雑穀の交ざった俵を見つけると、持ち出そうとした。そこで治兵衛は起き上がり、阻止をしようとした。しかしそこで殴られ蹴《け》られしたのだった。

「あ、新しい流人は、体ががっしりしていた。あいつは、東助だ」

江戸から島へ米を持ってきたのは、角次郎と寅造だけだった。それを狙ったのに違いない。賊が東助ならば、米があると知った上で襲ってきたことになる。

角次郎は万一に備えて一俵だけ持ち出し、あとは名主の兼五郎に預けていた。その一俵を奪われたのである。

「初めから、俵を狙ってきたわけだな」

「そうだ」

苦しげに言った。その折のことを、思い出したらしかった。相手が三人ならば、病の治兵衛には、どうすることもできなかっただろう。

「ひ、ひでえ」

豊次郎は、俵を奪われたことについて言っていた。

そして夕刻近くになって、卯作と岩吉が戻ってきた。どちらも仕事にありつけず、何も得るものがないまま戻ってきた。ただ卯作は、食べられる草を摘んできていた。怪我をした治兵衛の姿を目にし、俵を奪われたことを聞くと、二人は声を上げた。

「取り返しに行こう」

「そうだな。そいつは、いったいどんなやつなんだ」

岩吉の言葉に、卯作が返した。豊次郎も頷《うなず》いている。さんざん殴られ蹴られして、背負われて小屋に戻ったことは忘れた様子だった。

角次郎は、治兵衛から伝えられた話をした。

「東助か」

岩吉は、やや怯《ひる》んだ様子になった。

「あいつは寅造や駒造たちと、三根村へ連れて行かれたな」

わずかに勢いが衰えた。

「あいつらも、命懸けだろう」

角次郎が言うと、卯作が頷いた。素直に返すとは思えなかった。わざわざ布で顔を隠して押し入ったのである。仲裁をする町奉行所も町《ちょう》役人もいない。流人同士の悶着《もんちゃく》には、名主は関わらないと昨日告げられたばかりだった。

「くそっ。泣き寝入りか」

卯作が奥歯を噛《か》みしめた。

「いや、こっちも四人でかかれば」

岩吉は口にしたが、先頭を切って行く覚悟はないらしかった。ただ卯作の反応は、少し違った。

「いつか、取り返してやる」

握り拳《こぶし》を震わせながら呟《つぶや》いた。

このままでは、今夜食べられるのは、卯作が摘んできた野草だけだった。

「一日分ずつ、名主のところから貰《もら》ってこよう」

角次郎は兼五郎のところへ行って、米と雑穀、塩を受取ってきた。何かをしてもらえるとは思わなかったが、あったことは伝えた。

「そうかい。それはおめえらが、けりをつけることだ。村に難儀を掛けてはいけねえぜ」

話を聞いた兼五郎は言った。

「でも。病の爺《じい》さんは、かわいそうだね。島へ来てまだ二日目だっていうのに」

話を聞いていた名主の娘ふみが言った。初めに名主の家へ行ったとき、白湯を振舞ってくれた者だ。古いが洗った布と塗り薬を持って、小屋へついてきた。治兵衛の怪我の、手当てをしてくれたのである。

島へ来て、初めて人の情けを感じた。

「わ、私の手当てもしてください。仕事を探しに行っただけなのに、三人に囲まれて、殴られたり蹴られたりしたんです」

哀れっぽい言い方になっていた。

「あんたのことなんて、知らないよ。唾《つば》でも塗っておけば、そのうち治るよ」

ふみは、優しいだけではなかった。そのまま続けた。

「大怪我をして動けなくなったら、そのまま飢えて死ぬだけさ。流人墓地に投げられて終わりだよ」

「墓地など、あるのか」

角次郎が問いかけた。死んだ流人の扱いについて、聞いてみたかった。

「当たり前じゃあないか。道端で野垂れ死にされていたら迷惑だ。においもするしね、蠅がたかってくる」

ふみは見たところ三十歳くらいだが、器量は悪くない。しかし八丈島という風土の中で生きている女だった。豊次郎は怯《おび》えた顔になって目を逸《そ》らした。

ただ岩吉は違った。粘っこい目で、ふみを見詰めていた。

七

翌日卯作は、漁船洗いの仕事にありついた。江戸からの船で辿《たど》り着いた船着場は神湊《かみなと》と呼ばれていると知った。そこに近い浜だった。仕事をして貰えるのは、乾燥芋二切れだという。それでも、ないよりはましだった。

このとき他にも二人、前からの流人が同じ仕事をした。

大人が三、四人乗れば身動きもままならなくなりそうな、古い小舟が三艘《そう》だった。

裏に返して、こびりついた海藻や貝殻を取ってゆく。

刃物があれば、手間はかからない。すぐにやり終えられる自信があったが、素手では取り切れない。そこで前からの流人の仕事ぶりを見た。浜で大ぶりな貝殻を拾って来て、一部を欠いて先を鋭利にさせた。それで船底にへばりついたものを取り始めた。

「なるほど、そういう使い方をするのか」

貝殻が、工夫次第で刃物代わりになると知った。ならば自分もと、できるだけ大ぶりな貝殻を探した。

なかなか適当なものは見つからなかったが、それでも数枚用意して仕事を始めた。こびりついた貝は取りにくい。見た目ほどは簡単ではないが、単調な仕事だった。

潮騒《しおさい》の音が、絶え間なく耳に響いてくる。彼方《かなた》に目をやっても水平線があるばかり。

「とうとう、ここまで来たか」

卯作は手を動かしながら、胸の内で呟いた。

生まれ在所の新座郡白子村は、田圃《たんぼ》に囲まれてはいても、半日近く歩けば江戸の町に出られた。十五の歳に、奉公をしていた村の百姓代の家を飛び出して、江戸へやって来た。

凶作でろくな食べ物も与えられず、こき使われた。このまま老いて朽ち果てるのかと思うとたまらない気持ちになって、未明に屋敷を出た。江戸にさえ出れば、どうにかなると思っていた。

無宿者として江戸へ出てきたわけだから、まともな仕事などはなかった。人足仕事などの力仕事か、地回りの子分になる。どちらかしか道はないと思われた。

初めは四谷《よつや》大通りで荷運びをした。ここでも安い銭でこき使われた。二年して嫌気がさしたとき、土地の地回りの子分になった。銭は多めに入るようになったが、やらされることは過酷だった。兄貴分がなした罪を肩代わりさせられ、百叩《たた》きの刑を科せられた。その後、人足寄場に連れて行かれた。

三年置かれて放免され、四谷へ戻ったが、前は弟分だった者が偉そうな顔で指図をしてきた。押し付けられるのは、損な役割ばかりだった。弟分を殴り飛ばして、四谷を出た。

それから芝へ行き、さらに蔵前、本所と巡って、深川で人足仕事をしていた。人足仕事は、働けばその分の手間賃を得られると思ったが、そうでもなかった。親方がいて、雇い主からの手間賃の中抜きをされていることが分かった。

深川で手間賃の支払いについて、親方と人足たちが揉《も》めた。親方は土地の地回りを使って鎮めようとしたが、争いになって死傷者が出た。その中で卯作は、首謀者と見なされ捕えられた。

確かに騒動の中にはいたが、首謀者ではなかった。そのことを伝えたが、町奉行所の同心はまともに調べてもくれなかった。遠島の刑が決まったのである。ついに、地の果てまで連れてこられた。身の回りにある理不尽に、腹が立って仕方がなかった。

八丈島には地回りなどいないし、人足仕事もなさそうだった。どう生きたらいいものかと考えていたら、角次郎という元商人が米俵を積んで流人船に乗ってきた。そして同じ大賀郷村の預かりになった。持参した米は名主に預けたが、貴重な食い扶持《ぶち》については、自分たちにも分けてくれた。小屋を直す仕事も、命じるだけでなく自ら進んで仕事をした。話すこともまともだと感じた。

この後もし裏切るようなことがあれば、寝首を掻《か》いてもいいと思っているが、今はしばらく一緒にいて様子を見るつもりだった。

ただ許せないのは、昨日小屋を襲い治兵衛を殴りつけて、俵を持ち去ったやつらだった。顔に布を巻いていて、証拠はないとなっているが、東助に違いないと確信している。何かの形で、仇《かたき》を取ってやる。そう腹を決めていた。

してもらったことと、されたことは忘れない。

一刻半《いっときはん》も船底を磨いていると、だいぶきれいになった。卯作はふうと、ため息を吐いた。漁師がやって来て仕事を検《あらた》めた。

「まあ、いいだろう」

干し芋を二切れ寄《よ》こした。

朝の粥《かゆ》は充分に食べたが、昼が過ぎれば腹がすく。齧《かじ》りたい欲望に駆られたが、これは小屋へ持ってゆく。自分の食い扶持のつもりだった。角次郎の世話になり、借りを重ねるのは面白くなかった。今のところまともそうに見えるが、どんなやつなのか、まだ腹の内は分からない。

江戸の大店《おおだな》の主人で、侍殺しに加担した咎《とが》だと告げられていた。出来心で不始末を起こし、島流しになった者ではなさそうだ。岩吉や豊次郎とは違う。

他の二人の流人も、干し芋を受取った。そして卯作の傍へ寄ってきた。

「おめえら、病の爺《じじい》と一緒に、あそこの小屋へ入った者だな」

中年で、黄ばんだ歯を剝《む》き出しにしながら片方の男が言った。小屋のある方向を指差した。どちらも痩《や》せている。骨に皮が張り付いているように見えた。

「へい」

何を言いたいのかと、慎重に見つめ返した。

「食い物があるそうじゃねえか。おれたちも、仲間に入れねえか」

「ああ。おれたちはこの島のことならば、何でも分かっている」

もう一人が続けた。こちらは三十歳前後だ。どこかで、米を持ち込んだという話を聞いたらしかった。たかろうという腹だ。

「そんなことは、おれには決められねえ」

断ったつもりだった。こいつらを加えたら、次々に流人が集まってくるのは目に見えていた。角次郎も、受け入れないだろう。

「あっしも、じきに出て行きやすよ」

これは本音だった。角次郎の米も食い潰《つぶ》していけば、いずれはなくなる。いつかは、一人で生きていかなくてはならなかった。

すると年嵩《としかさ》の方が、話題を変えた。

「昨日、おめえらは食い物を奪われただろう」

どうだ、といった顔で言っていた。昨日の出来事を、初めて会った流人が知っていた。こちらの顔に驚きが浮かんだからかもしれない。若い方が続けた。

「今朝のうちには、大賀郷村や三根村だけでなく、他の村にも知れ渡っているぜ」

「なるほど、早耳だな」

今日食うことにも窮している者にとっては、面白い話なのかもしれなかった。

「誰がやったか、分かっているか」

「さあ」

見当はつくが、目の前の二人と、これ以上関わるつもりはなかった。

「新しく来た者で、三根村に住み着いたやつと前からいたやつは、食い物が新たに手に入ったらしい。うまいことを、やりやがった」

やはり東助だと思ったが、問いかけたりはしない。するともう一人が口を開いた。

「三根村へ新しく入ったやつは四人だ。そいつらは古くからのやつも入れて、七、八人で過ごし始めたらしい」

「寅造ってえやつだな。そいつも米を持って島に入ったらしいが、それには手をつけさせず、奪ってこさせるらしい」

どこまで真実なのかは分からないが、男たちは言った。角次郎の俵を奪ったのは、そいつらだと伝えていた。尋ねもしないのに、寅造らのいる小屋の場所まで喋《しゃべ》った。

真に受けたわけではないが、気にはなった。俵を奪われたことへの怒りは、消えていない。取り返せるならば、取り返したかった。

日暮れにはまだ間があるから、三根村へ行ってみることにした。神湊から北西に行ったあたり、名主弥兵衛の住まいからはやや離れた森の中だった。三棟並んでいて、古い流人小屋を手入れした建物が、寅造らの住まいだった。

卯作ら五人が住み始めた小屋と、ほぼ同じようだ。人の姿が見え、話し声も聞こえた。繁った草木の間から、その様子を眺めた。見覚えのある四人の姿があって、まず目についたのは体格のいい東助だった。他に同じ流人船で来た者以外の姿も窺《うかが》える。七、八人はいる様子だった。

寅造が、何か指図をしていた。上陸後まだ三日目だが、寅造はすっかり頭らしい態度になっていた。

さらに様子を見ていると、古い流人の一人が、寅造に苦情を言い始めた。寅造や東助は相手にしない。古い流人は、業を煮やしたのか大きな声を上げた。

「奪った分け前を、寄こしてもらおう。仕事をしたのは、おれたちだ」

すると寅造は嘲笑《あざわら》った。

「おめえ、盗みをしたのか。何を奪った。おれたちは知らねえぞ。いけねえなあ、そんなことをしちゃあ」

横で駒造と東助が声を上げて笑った。

「な、何を言いやがる。昨日……」

ここで東助に押さえつけられた。上背はないが、東助の体はまるで相撲取りのようだ。痩せた流人など、抗《あらが》いようもなかった。

「昨日、何をしたのか言ってみろ」

寅造は改めて口にしたが、東助に押さえられた流人は声も出せない。東助に体を捩《ね》じられているからだ。片方の太い腕が、首に巻きついている。

周囲にいる他の流人たちは体を硬くし、止めることもできない様子で見つめていた。

そして少しして、言い募っていた前からの流人の体がぐったりした。東助はその体を肩に担ぎ上げると、小屋の裏手の森へ歩いて行った。

「昨日、何かあったのか」

その後姿を見送った寅造は、近くにいた古い流人に問いかけた。

「い、いえ。な、何も」

背筋を震わせた様子で、前からの流人は答えた。

八

　六月になった。空には夏の雲が浮かんでいた。早くも、蝉の鳴き声が聞こえた。

　昨夕、直吉が手代の平太を伴って江戸を出た。両国《りょうごく》橋下の船着場から関宿へ向かう六斎船に乗り込んだのである。人を乗せて江戸川を上り、今日の昼には関宿城下の河岸場に着くはずだった。

　昨日見送ったお波津は、無事に役目を果たしてきて欲しいと願った。

　直吉と平太は、まず関宿藩の蔵奉行のところへ挨拶《あいさつ》に行く。江戸での事情を伝えなくてはならない。それから利根川流域の、付き合いのある村々を廻《まわ》ってゆく。手土産にする白絹や木綿は、お万季が用意をした。それを平太が葛籠《つづら》に入れて背負って行った。

　仙波屋や倉田屋の番頭たちが、角次郎が流罪になったことや、大黒屋の悪評を言いふらしながら村を廻っているはずだった。

「江戸の商いは、残った私たちが守らなくてはならない」

　お波津は閉じられた戸の外で呟《つぶや》いた。江戸に残った二番番頭の嘉助や手代の銀次郎らが、羽前屋預かりという制約の中で商いを続けている。飛び込みの客や百文買いの客はないが、売買はおおむね滞りなく行われていた。

もちろん事件にまつわる話を聞いて、縁切りを告げてくる店はあるが、それは嘉助や手代たちが説得し、できるだけ少なくなるように励んでいた。だから自分も、ぼやぼやしてはいられないと考えていた。

お波津とお万季は、毎日未明に、近くの回向院《えこういん》へ行ってお百度参りを続けていた。

角次郎の早期奪還と大黒屋の今後の安寧を祈願したのである。

今日善太郎は、茂助を伴って川口河岸へ行くと聞いていた。吉根家の百俵が、出荷された河岸場である。

羽前屋の商いは、久之助と伊助、それにお稲が守っている。角次郎や大黒屋を守る気持ちは、誰にも負けないつもりだった。

そこで何をしようと考えて、殺された熊井が身を寄せていた東本願寺の東にある東光寺で聞き込みをすることにした。

「付き合いなさいよ」

銀次郎に声をかけた。

「ええ、行きますよ」

迷いのない声で応じた。銀次郎はお波津よりも二つ年上で、日本橋《にほんばし》高砂町《たかさごちょう》の米問屋打越屋《うちこしや》の次男坊だった。打越屋は商人《あきんど》米を扱う関東米穀《かんとうべいこく》三《み》組問屋《くみといや》の株を持つ大店《おおだな》だが、銀次郎がした米相場で、高額の損失を出した。

そのため改めて修業をさせるという理由で、二年前に主人の銀兵衛《ぎんべえ》が大黒屋へ寄こした。帖《ちょう》付けと算盤《そろばん》は見事で、においをかぎ形を見ただけで、米の品質と産地を見分けることができた。しかし軟弱者で、米屋育ちでありながら、米俵を担うと体がぐらついた。客に対して、満足な挨拶もできなかった。

そのくせ煽《おだ》てると天狗《てんぐ》になる。だからお波津は、その度に伸びそうになる鼻を折ってやっていた。しかし二年の歳月を経て、だいぶ逞《たくま》しくなってきた。前は手伝い仕事しかできなかったが、今はそれなりの役割を持たされるようになった。

直吉が出かけた今、帳場を預かる仕事は、お万季とお波津、そして銀次郎が担っていた。店を守るのは大事だが、他に何もしないでは角次郎を江戸へ呼び戻すことはできない。

銀次郎は帳場を預かってはいても、角次郎を奪い返したい気持ちは強いと目顔を見て感じた。それはお波津にしてみれば嬉《うれ》しかった。

「まずは、熊井を寺から呼び出した人足を取り次いだ、小坊主の祥念に訊《き》きましょう」

　前に善太郎と嶋津が聞き込みをしていたが、改めて問うのだった。

　東光寺の境内は広い。樹木の中から、蝉の音が響いてきていた。庫裏へ行って、祥念を呼んでもらった。お波津が問いかけてゆく。

「前にお話ししたことは、間違いありません」

　小坊主とはいえ、しっかりしていた。

「あれから、何度も思い返しました。人が亡くなった事件でしたから」

「熊井を呼びに来たのは、人足ふうの者だったわけですね。歳はどれくらいでしたか」

「そうですね、三十歳前後かと思いますが」

　しばらく考えてから言った。慎重な性格らしい。

　顔や身なりに特徴はないかと尋ねた。今度は腕組みをし、しばらく唸《うな》ってから口を開いた。

「体は中肉中背で、細長い顔でやや顎《あご》が出ている感じでした。その顎の右端に、黒子《ほくろ》がありました」

　これは参考になりそうだった。

「身なりはどうでしたか」

「木綿の洗いざらしで、地回りならば下っ端です」

はっきりしたことを口にした。

「他には」

「腰に、板のお守りをぶら下げていました」

「どこのものですか」

「芝神明宮《しばしんめいぐう》のお守りでした」

「確かめたのですか」

ここは銀次郎が問いかけた。どうして分かるんだ、という気持ちがあったようだ。

「私はお守りを持っている方を見かけると、どこのものかと目を向ける癖があります。芝とは、ずいぶん遠くから来たと思いました」

男の名は分からない。しかしそこまで分かっただけでも、充分だった。

お波津と銀次郎は、芝神明宮へ向かった。

歩きながら話をした。銀次郎は多忙になって、二人だけで話をする機会は少なくなっていた。それが少し寂しかった。

「八丈島は、どのようなところでしょうか」

お波津は、一番気になることを口にした。これまでもいろいろ聞いていたが、銀次郎の言葉を聞きたかった。

「厳しいところだと耳にしますが、鬼や蛇ばかりがいるわけではないですよ。旦那《だんな》さんならば、しっかり過ごしておいでだと思います」

銀次郎は、そう返した。不安は消えないが、その答えに救われた。

「この人と話していると、ほっとする」

胸の内で呟いた。銀次郎は預かり者として店に来たが、今ではすっかり大黒屋の者になった気がした。事実今では、戦力になっている。

「銀次郎は、私のことをどう思っているのだろう」

と気になったが、それを問うことはできなかった。

芝神明宮の鳥居の前に、二人は立った。増上寺《ぞうじょうじ》と接した、土地の氏神様だ。信仰する者は多いらしく、参道は賑《にぎ》わっていた。露店が軒を並べていた。

「このあたりの地回りならば、きっとそれらしい人が浮かび上がりますよ」

お波津は露店を商う親仁《おやじ》に問いかけをしていった。

「細長い顔で、顎に黒子がある人いますけどねえ」

何人か目でやっと反応があって見に行くと、堅気の葉茶屋の若旦那だった。黒子も顎の右端ではなく、真ん中だった。

一刻《いっとき》以上、境内や周辺を聞いて廻《まわ》ると、あらかた歩いてしまった。

「でも、これじゃあ帰れない」

お波津が言うと、銀次郎も頷《うなず》いた。

「浜松町《はままっちょう》へ行ってみましょう」

と銀次郎に告げられて、行ってみることにした。増上寺門前の賑やかな町だ。南北に、東海道《とうかいどう》が貫いている。

まずは木戸番小屋の番人のところへ行った。するとあっさり、それらしい男が現れた。

地回りの下っ端で、磯吉《いそきち》という者だった。

賭場《とば》の見張りや、縄張りを荒らす者が現れたときに、仲間と脅しや排除をしにゆくなどの仕事をしていた。

「どこにいますか」

「そうだねえ」

居酒屋と荷売り酒屋を一軒ずつ教えてもらった。どちらも、たまり場の一つになっているらしい。そして二番目に行った荷売り酒屋で、それらしい人足ともやくざ者とも受取れる者を捜し出すことができた。

女中に小銭を与えて、名を聞いた。

「磯吉さんです」

と告げられた。祥念から聞いた外見と重なっていた。

「金回りはどうですか」

「ここのところ、悪くないですね」

ここでお万季が、嶋津の力を借りることにした。町廻りの区域の自身番で聞きながら、嶋津を捜し出した。

事情を伝えた。

「よし。確かめた上で、問い質《ただ》してみよう」

東光寺へ行って、祥念を連れ出した。嶋津は寺社方ではないが、事情を話して住職の許しを得た。

芝まで出て、磯吉を捜した。

「あの人です。間違いありません」

磯吉の顔を見た祥念は、証言をした。

祥念を帰らせてから、嶋津が磯吉に問いかけをした。

「ええ、東光寺へは行きやした。青井何とかっていう人を訪ねろと頼まれたからです」

「そのときに、大黒屋とか角次郎とかいう名を挙げろと言われなかったか」

「さあ」

自信のない顔になったが、「思い出せ」と嶋津に凄《すご》まれて、「ああ」と声を上げた。

「そういえば、言われました。言わなかったら、銭はやらないぞと睨《にら》まれやした」

「それは誰か」

「どこの誰かは分からないお侍です。あれは浪人じゃあねえですね」

「どのような面体《めんてい》か」

「それが深編笠《あみがさ》を被《かぶ》っていて、顔は分からなかった」

しかし東光寺へ行って伝えるだけで、銀を二十匁もらえた。だから喜んでやったのだという。

「それは吉根家の杉沼太四郎ではないですか」

銀次郎は言ったが、証拠はない。状況は一部見えたが、角次郎の潔白を証明するものにはならなかった。

九

善太郎は茂助を伴って、仙台堀《せんだいぼり》河岸から荷船に乗って川口河岸へ向かった。陸路を使う手もあったが、吉根家の百俵が運ばれた経路を辿《たど》ってみようと考えた。関宿や五月女家の知行地があった野田《のだ》は何度か行ったが、隅田《すみだ》川を上るのは初めてだった。とはいえ川口河岸は、千住《せんじゅ》よりもやや先という程度で、遠いという印象はなかった。

炎天でも、川風は心地よかった。いくつかの蛇行を繰り返して、千住大橋を潜った。大小の荷船や筏《いかだ》とすれ違った。船上にいても、蟬の音は聞こえてきた。

「江戸とは、違う景色ですね」

茂助は興味深そうに、すれ違う荷船や土手に目をやった。直参の倅《せがれ》だったから、江戸を出る機会などなかったとか。

「仕入れ先の村も、廻ってみたいものです」

頼もしいことを言った。

眩《まぶ》しい光の向こうに、川口河岸が見えてきた。何艘《そう》もの荷船が停まり、荷を運ぶ人の姿が目についた。多数の人家があり、倉庫も岸辺に並んでいる。鋳物を拵《こしら》える職人が集う一画もあり、それらの材料が運び込まれ、出来上がった製品が運び出された。他にも近隣の農家で採れた米や蓮根《れんこん》、慈姑《くわい》などといった品が運び出された。

また日光御成《にっこうおなり》街道の渡しとしても栄えた。

「吉根家の知行所は、この河岸場の近くにあったわけですね」

「領家《りょうけ》村なるところだが、そこからここの船着場へ百俵を運ぶ手助けをしたのが角次郎だったという話になっている」

証言したのは米を運んだ豊丸の船頭八助だが、角次郎が指図をする場面を見たのではなかった。斬殺《ざんさつ》された熊井が、そう言っていただけだった。

善太郎が川口河岸へ足を向けてきたのは、熊井の証言が虚偽であることを明らかにするためだ。角次郎を追い詰めた状況証拠を、一つ一つ取り除いてゆく。

とはいえ、川口河岸に知る者がいるわけではなかった。大黒屋は利根川や江戸川を利用して荷を運んだ。ともあれ目についた船着場の番人や人足に、吉根家の年貢輸送について訊《き》いた。

「さあ、知りませんね。このあたりに知行地を持つお旗本は、けっこうありますからね」

最初に訊いた初老の番人はそう言った。しかしそれではめげない。かまわず、出会った者に声をかけてゆく。すると四人目で反応があった。

「吉根家の年貢米ならば、うちの倉庫に置いたことがあるぞ」

「いつもではないのですか」

「決まっていたわけではないね。その年によって出荷の時期が変わるから、決まっちゃあいねえ。そのときに空いているところへ入れる。でもここと、あそこと、向こうのどこかには置いていた」

倉庫番は指差しをした。どこでもいいわけではないらしい。これから聞き込みをしてゆくつもりの納屋だった。

「三月のときに百俵を収めたはずですが、それはどこか分かりますか」

「それならば、あの倉庫だ」

指差しをしたうちの一つだった。さっそくその倉庫へ行った。中年の倉庫番に、小銭を与えて問いかけた。

「ええ、四日だけ置きたいという話でした。通常の年貢ではなく、急に運びたいという申し出でした」

預かった記録が、綴《つづ》りに残されていた。

「納屋へ運んだのは、誰でしたか」

「吉根家の、奥田四郎太《おくだしろうた》様です」

綴りを見直した上で番人は言った。領家村にある、吉根家の陣屋詰めの家臣だそうだ。倉庫代を払ったのも、奥田だと記録にあった。角次郎の名は出ない。これは大きかった。

　善太郎と茂助は顔を見合わせた。

「すると奥田様が、米俵を運んでここへ来たわけですね」

　意気込んで問い掛けた。

「いや、違います。見かけない者だった」

「誰ですか。それは」

　どきりとした。まさかここで角次郎という名が出たら厄介だ。

「名乗りましたが、覚えていません。奥田様ではありませんでした」

　ほっとしたが、おかしいという気持ちもあった。それで善太郎は疑問を向けた。

「百俵という米は、なかなかの量です。どこの誰とも分からない者が運んできて、いきなり預かってくれといわれても、はいそうですかとはならないと思いますが」

　盗米の可能性もある。事実、吉根家の百俵は、その後横流しされた。しかし番人は、首を横に振った。

「吉根家の熊井兵衛様や奥田四郎太様の名ならば、これまでもお預かりをしています。吉根家の米ならば、その名を使うのは当然でございます」

預かる立場としては、運んで来た者が誰かは問題ではないと言っていた。

「百俵を受取ったのは、熊井様でした。私どもに、落ち度はありません」

「では、陣屋から倉庫まで運ぶ費えを出したのが誰かは、分からぬというわけだな」

「そうです。納屋利用の代は、熊井様がお支払いくださいました」

「なるほど」

期待外れだった。これでは、移動の金を出したのが角次郎ではなかったという確実な証拠にはならない。

「こうなると、領家村まで行かなくてはなりませんね」

茂助が言った。賑《にぎ》やかな河岸場から離れて、田圃《たんぼ》の道を歩いた。田植えも済んで、湛《たた》えられた田が日差しを跳ね返していた。河岸場で聞いた話では、領家村は大きな村で、吉根家の知行地だけでなく、天領も含まれているとのことだった。

「このあたりからも、羽前屋で仕入れたいものですね」

「うむ。一件が片付いてからでも、廻《まわ》ってみるか」

善太郎も、まだ村廻りはしていなかった。しようとしたところで、今度の企《たくら》みに巻き込まれた。

領家村の名主の屋敷は長屋門で、豪農といっていい風格のあるものだった。善太郎は名を名乗って、吉根家の百俵の米の不正について話を聞きたいと伝えた。もちろん村や名主に迷惑をかけるつもりはないことを言い添えた。

五十歳前後とおぼしい名主が、善太郎と茂吉を床の間のある部屋に招き入れてくれた。吉根家の米に関しては、よく覚えていた。

「江戸の北町奉行所与力の笹江様という方が見えました」

「そうでしたか」

笹江なりに、妥当な調べをしていたことは窺《うかが》えた。まずは陣屋から米がどう動くかの話を聞く。移動の手間賃がどうなるかについても、知っておきたかった。

「村の中で集めた年貢を吉根家の陣屋へ運ぶのは、それなりに手間でございます。ですが年貢として納める米ですから村の者が運び入れます。徴税の折、河岸場へ運べと命じられたら、手間賃など払われなくとも運びます」

「まあ、そうでしょうね」

五月女家の年貢徴収でも同じだった。

「ただ三月の百俵は、いったん陣屋の倉庫に運び入れて、収め終わった後の米でした。こうなると、たとえ村の者を使ったとしても、それなりのものは頂戴《ちょうだい》いたします」

「では、受取ったわけですね」

「ええ。すべてで銀二十匁を頂戴しました」

格安といっていい。吉根家の米だからなのか。

「出したのは、角次郎という者ですか」

「いえ。熊井様から頂戴をいたしました」

「そうですか」

角次郎の名が出なかったのは幸いだが、銀二十匁の出どころが明らかになったわけではなかった。

名主の屋敷を出たところで、善太郎と茂助は話をした。

「これでは、どうにもならないな。熊井が角次郎から銭を受取る場面を見たと告げる、豊丸の水手《かこ》でも現れたら、それで終わりだ」

「はい。でも腑《ふ》に落ちません」

茂助は首を傾げた。

「話してみよ」

「そもそも大黒屋の旦那《だんな》様が費えを出したとなったのは、熊井から聞いたという八助からの証言があったからに他なりません」

「それはそうだ」

川口河岸や領家村へ来ても、角次郎の影など微塵《みじん》も窺えない。

「熊井はすでにこの世にはなく、確かめるすべはありません」

「八助の証言が、すべてなわけだな」

茂助の言いたいことが、うっすらと見えた。八助が偽証をしていたのではないかと、善太郎も感じ始めたところだった。

十

角次郎は兼五郎の住まいへ行って、一日分の雑穀交じりの米を受取った。名主の娘ふみが、その世話をしてくれた。詳しいことは分からないが、ふみには亭主がないらしく、太吉《たきち》という六、七歳くらいの男児がいた。

「一俵というのは、ひどい目に遭ったね」

ふみは、同情する言葉を発した。とはいえ、十九俵は残っている。赤甘藷《かんしょ》もあった。

自分一人ならば、二年以上は過ごせる。これはお万季や善太郎の尽力があったからだ。

流人は自活が基本だ。島での暮らしに馴染《なじ》むまで四人の面倒を見る、という気持ちである。

村はずれの道を歩いていて、小屋に入れてくれと告げてきた前からの流人がいたが、これは断った。苦しい事情を伝えてきたが、最後まで聞かなかった。

新たに一人でも加えれば切りがないし、角次郎の小屋で過ごすことは一時的なものでしかない。咎《とが》人としてこの島へやって来た者は、犯した罪と向かい合いながら、この島で自活しなくてはならなかった。それが贖罪《しょくざい》で、人を頼ってはいけない。

角次郎自身は冤罪《えんざい》だが、島へ送られた以上、ここでどう過ごしてゆくかは、自分で考えなくてはならなかった。絶海の孤島では、米商人の知識や勘は働かせにくかった。

小屋へ戻ると、病の治兵衛と昨日殴られて怪我をした豊次郎だけでなく、青ざめた顔の卯作がいた。

「とんでもねえものを、見ちまった」

目が合うと、すぐにそう言った。

腰を下ろして話を聞く。卯作は、奪われた俵について聞いたこと、寅造らの暮らしぶり、東助が昨日盗みをしたとおぼしい者を扼殺《やくさつ》した状況について話をした。

「ほ、ほんとかい」

掠《かす》れた声で豊次郎が言った。今初めて聞いたらしい。卯作は、まず角次郎に伝えるつもりで帰りを待っていたようだ。

「寅造や駒造、東助は、人を殺すなど、何とも思っていないようです」

卯作も顔を強張《こわば》らせて言った。食糧を取り返す気持ちなど、失《う》せた様子だった。

「じょ、冗談じゃあねえ。ならば名主に訴えればいいじゃねえか」

豊次郎の声は、まるで悲鳴のようだった。

「名主が動くか。島にゃあ、町奉行所なんてねえんだぞ」

横になったままの治兵衛が言った。

「だ、だったら、次の船が来たときに訴えれば」

「馬鹿だな、おめえは。それまで生きていられるのか」

「………」

豊次郎は黙った。自ら話すのを止めたのではなく、言葉が出ないのだと分かった。

少しの間沈黙があって、卯作は思い出したように懐をまさぐった。取り出したのは、二切れの乾燥芋だった。

「今日は、浜で舟の掃除をした。これが手間賃だった。粥《かゆ》に、入れてもらいてえ」

「ありがたい。助かるぞ」

角次郎は言った。卯作が初めて島でした仕事の対価だった。自分で食べてしまえば誰にも知られないものを、わざわざ持ち帰った。

卯作が遠島になった詳細は知らないが、ここで生きるという気持ちになっているのは伝わってきた。

「治兵衛さん。体の具合はどうかね」

腹の病と、怪我のことを併せて尋ねたつもりだった。

「でえじょうぶさ」

すぐに返事があった。体に触ってみると、微熱があった。大丈夫とはいえないが、どうすることもできなかった。ともあれ話はできるから、それでよしとしなくてはならなかった。

「わ、わたしは、相変わらずあちこちが痛くて」

続けて豊次郎が言うと、卯作が返した。

「おめえは明日から、稼ぎに出ろ」

それで豊次郎は、救いを求める目を角次郎に向けた。

「歩くのが無理ならば、這《は》ってでも行け」

と告げると、唇を震わせた。

そこへ岩吉が戻ってきた。一日何をしてきたかは告げず、別のことを口にした。

「神湊の浜に、死体が上がったぞ」

たった今、その様子を見てきたと付け足した。それで小屋にいた一同は、顔を見合わせた。卯作が寅造の小屋で見た場面に繋《つな》がるからだ。

「上がったのは、前からの者か」

「そうだ」

早速行ってみることにした。豊次郎も小走りになって歩いた。

夕日の当たる神湊の浜に、三根村の名主弥兵衛が村人や流人たちと、遺体を取り囲んでいた。水は飲んでおらず、首の骨が折れていた。

殺しだとは、誰でも分かる死体だった。弥兵衛は、居合わせた流人に、戸板を持ってこさせた。とはいっても、戸板は全体が朽ちかけたような代物だった。これに載せると、一同は形ばかりに合掌をした。そして流人たちが持ち上げた。

「どうするんですか」

「墓地に運ぶんだ」

前からの流人が、答えた。それで引き上げようとしている弥兵衛に、角次郎は問いかけた。

「これは殺しです。誰がやったか、調べないのですか」

「いや、そうじゃあねえ。こいつは崖《がけ》から海に落ちたんだ。よくあることだ。おめえも、気をつけなくちゃあいけねえ」

殺しだと気づいていての言葉だ。名主から「よくあること」とさらりと言ってのけられたら、次の言葉は出ない。ここは江戸ではなく、八丈島だった。

殺されたのが村の者だったら、弥兵衛は違うことを言い、島を挙げて手を下した者を探し出すのかもしれない。しかし流人の命は、藁人形《わらにんぎょう》以下なのだと察した。

名主がすることは、次の船が来たとき、死亡を公儀に知らせるだけなのだろう。

死体を流人墓地へ運ぶというので、角次郎ら四人は同道した。何事もなかったように、引き上げるつもりにはならなかった。

流人墓地と称する場所は、浜からやや歩いた人家のない竹藪《たけやぶ》の中だった。笹が鬱《うつ》蒼《そう》と繋っていて薄暗い。墓石などはなく、苔《こけ》むした石ころがあちらこちらにあるばかりだった。

聞くとそれが墓石で、誰かが弔いに来ている気配はまったくなかった。もちろん線香を立てたり花を供えたりする道具もなかった。

「あそこがいいだろう」

村人の指図で流人が穴を掘り、死体を入れて土をかけた。転がっていた石を、土《ど》饅頭《まんじゅう》に載せた。その石は、前に亡くなった誰かのものだったかもしれない。村の者も、流人たちも、手を合わせることもなく立ち去ろうとした。

「線香は」

「そんなものはねえ」

豊次郎の問いかけは、一蹴《いっしゅう》された。浜から運び出すとき、一同が手を合わせた。あれが弔いのすべてらしかった。

殺されたのは、角次郎らの小屋から俵を奪った者である。名も罪状も知らない流人だった。それでも角次郎は、新しい墓に両手を合わせた。

十一

川口河岸から戻った善太郎と茂助は、裏口から大黒屋へ入った。すると嶋津が顔を出していた。

戸を閉め切った店は暑いので、縁側へ行って話を聞いた。お万季やお波津、銀次郎もその場にいた。

まずお波津の口から、銀次郎と共に東光寺から芝神明宮、そして浜松町界隈《かいわい》で聞き込みをした内容を聞いた。そこで磯吉というやくざ者が浮かび上がり、祥念が面通しをして寺へ来た者だと明らかになった。

「磯吉に用達をさせた深編笠《あみがさ》の侍は、杉沼か大槻の家臣だろう」

嶋津の言葉に、一同は頷《うなず》いた。

それから善太郎は、川口河岸から領家村へ出向いた詳細を伝えた。

「それならば、おとっつぁんの無実は、明らかではないですか」

お波津が腹を立てた顔で言った。川口河岸でも芝浜松町でも、角次郎が具体的に何かしたという形跡は現れなかった。

「しかしな。今となっては、この程度では、濡《ぬ》れ衣《ぎぬ》だと明かす証拠にはなるまい」

苦々しい顔で、嶋津は言った。

「では、何をしたらいいのでしょうか」

怒りを抑えながら、銀次郎が問いかけてきた。まずは三ノ輪町から逃げた深編笠の侍を捜すことだが、これは北町奉行所の笹江が当たっている。

「笹江殿は、前とは違う。今は角次郎を白だと見込んで、調べに当たっているぞ」

嶋津が伝えた。それは善太郎も、本人の口から聞いた。

「ならば何ができるのか」

そういう話になった。一同には、妙案が浮かばない。手詰まり感が強かった。腹立たしさばかりが胸にあった。

ここでお万季が口を開いた。

「熊井様には、ご妻女とお子がありましたね」

百俵の不正が明らかになる前に、離縁状と共に実家へ帰された。父は川越藩士で、中屋敷詰めの者だと前に聞いた。七歳の男児と四歳の女児がいる。娘の方は、眼病を患っているという話だった。

「ご妻女は一連の企《たくら》みについて、何かご存じなのではないでしょうか」

「なるほど。こちらが知らない何かが、あるかもしれませんね」

　そこについては、誰も聞き込みを入れていなかった。吉根家の百俵の不正の中で、暮らしを大きく変えさせられた人物だ。

「夫は主家に仇《あだ》なす者という立場のまま、斬殺《ざんさつ》されました。すでに離縁の身とはいえ、嫌で別れたのでなければ、胸にある無念は大きいのでは」

　生前のいろいろなことを、今になって思い出しているのではないかと付け足した。

「そうですね」

　お万季は熊井の妻女のことを口にしたが、夫を失った胸の内を慮《おもんぱか》る気持ちになっていると善太郎は感じた。そこには、角次郎の安否を気遣う自身の気持ちも重なっているはずだった。

　流罪になった角次郎を、永遠に失ってしまうかもしれない。そういう恐怖が、胸の内のどこかにあるのだろう。それは倅《せがれ》である善太郎にしても同じだった。だからこそ、何が何でも真相を明らかにしなくてはならない。

　お万季に言われるまで、熊井の妻女については調べの範囲から外していた。しかし調べてみようという気持ちになった。

善太郎は翌日、呉服橋《ごふくばし》御門内の北町奉行所の笹江を訪ねた。熊井の妻女について調べるにしても、名も知らないでは話にならない。とりあえず分かっていることを、教えてもらうつもりだった。

笹江は奉行所内にいて、すぐに会うことができた。迷惑な様子は見せなかった。善太郎の問いかけに、丁寧に答えた。

「離縁となった妻女の名は、雪《ゆき》といった。父は川越藩中屋敷詰めの勘定役で、家禄《かろく》は九十俵だ。興芝又《こうしばまた》右衛門《えもん》という」

ここまでは調べていたとか。

「訪ねて、分かっていることを聞いてみたいと存じます」

「それは良いかも知れぬ。しかし会えるかどうかは分からぬぞ。何しろ相手は川越藩だからな。しかも熊井殺しの仲間だとされる角次郎の倅だとなれば、向こうは恨んでいると考える方がよかろう」

もっともな話だ。また実父の興芝が藩内でどのような立場にいて、事件をどのような気持ちで見ているかも分からない。しかし怯《ひる》んではいられないから、その足で川越藩の赤坂霊南坂《あかさかれいなんざか》にある中屋敷へ向かった。

木漏れ日の揺れる坂道を下って行くと、壮麗な長屋門が現れた。中屋敷とはいっても、さすがに十五万石の親藩の建物だと感心した。

善太郎は門番所の前に立った。

「興芝雪様に、お目にかからせてくださいませ」

と声をかけた。しかし門番は、胡散臭《うさんくさ》そうな目を向けただけだった。

「お約束があるのか。誰ぞの口利きがあるのか」

善太郎には、どちらもない。

「帰れ」

答えられずにいると、そっけなく言われた。一介の町人と、見下している。善太郎は門番が見ている前で、五匁銀を懐紙に包んだ。そして与えた。

「お取次ぎだけでも」

懐紙の包みを握ると、門番の態度が微妙に変わった。

「取次ぐだけだぞ。断られても知らぬぞ」

そう言って、奥へ引っ込んだ。そしてしばらく待たされたところで、門番は戻ってきた。

「会うことはできぬ」

と告げられた。そしてすぐに、引っ込んでしまった。蟬の音が、樹木から降ってくる。善太郎は額の汗を、手拭《てぬぐ》いでこすった。

十二

流人の死骸《しがい》を運んだ翌日、角次郎は再び島の中を廻《まわ》った。

西に西山（八丈富士）があって東には東山（三原山）、どちらも眺めるだけならば美しい。島の地形は瓢簞《ひようたん》形で、点在する建物の間に畑が作られている。田圃《たんぼ》にできそうな場所は、すでに稲が植え付けられていた。畑にもならないような土地では、稗《ひえ》や粟《あわ》が拵《こしら》えられている。

岩や砂ばかりで、草も生えない場所もあった。

大賀郷村へ戻ってきて、名主兼五郎の住まい近くを歩いていて、ふみが畑仕事をしている姿を見かけた。見るからに痩《や》せた土地だが、すでに畝はできていた。

近くで、数人の村の子が声を上げながら、棒きれを振り回して遊んでいる。子どもの声と蟬の音が混じり合って、それだけは江戸でも聞いたことのあるものだった。

「それは赤甘藷《かんしょ》ですね」

角次郎は声掛けをした。ふみは苗の植え付けをしている。数人の老若の女に、流人の手伝いも加わって仕事をしていた。

「そうです。そろそろ植え付けの時期です。こんな土地でも、赤甘藷は育つんですよ」

「なるほど」

今日歩いた中でも、赤甘藷が植えられた畑があった。それで角次郎は、お万季や善太郎が持たせてきた赤甘藷が百ばかりあったことを思い出した。いつか食べるつもりでいた。

そこで赤甘藷について、若い頃に農書で読んだ内容が頭に浮かんだ。

「赤甘藷は育てやすく、できれば腹の足しになる」

というものだった。

角次郎は幼少の頃の何年か、五月女家の知行地である野田に近い村で祖父角兵衛《かくべえ》と暮らした。隠居をした角兵衛は、武家ながら農事に造詣《ぞうけい》が深かった。屋敷内の庭や付近の荒れ地をおこして、田や畑を拵えた。村の者たちへの助言を行った。

角次郎も一緒に、田や畑に入った。そこで米作りや米の品種など、様々な知識を得た。それが武家ながらも大黒屋の婿になる契機となり、商いを始めてからも役に立った。米商いの基本になったのである。

さらにその時期に、角次郎は祖父の持っていた農書を貪《むさぼ》るように読んだ。他に読むものがあればそちらに気持ちが向いたかもしれないが、他の書物はなかった。

読んだ中に、赤甘藷に関する記述があった。そのときはただ「育てやすい」作業だと感じただけだったが、ここでは役に立つと考えた。

そしてはっと気がついた。お万季と善太郎は米俵だけでなく、赤甘藷も持ち込む荷に含ませていた。そのわけについてである。

「あれは善太郎の指図だな」

と思い至ったのである。

善太郎も幼少から、農事には関心を持っていた。角次郎は祖父が亡くなって江戸へ戻るとき、読み耽《ふけ》った農書を持ち帰った。また新たな農書も買い入れていた。

善太郎はそれを、喜んで読んでいた。

「あいつは、赤甘藷についての記述が頭にあってよこしたのではないか」

八丈島は、米作りには適さない痩せた土地だ。とはいえ、作物を食べないわけにはいかない。それで赤甘藷を選んだのではないかと気がついたのである。まだ子どもだと感じることもあったが、先を見る目はあるようだった。

「江戸から運んだ荷の中に、赤甘藷がありましたね」

ふみが言った。覚えていたらしかった。

「もう芽が出ているのではないですか」

と続けた。この地で苗を手に入れるとなればたいへんだが、芽が出た種芋があれば、それは角次郎のものだ。

「赤甘藷を、我らが育ててもよいのか」

「使われていない新しいところならば、おとっつぁんは駄目だとは言わないと思うけど」

流人は村人が暮らす区域で、勝手に作物を育てることはできない。角次郎は名主の家へ行って、兼五郎に会った。赤甘藷の畑作りについて話した。

「かまわねえが、どこにする」

島の土地は限られている。残っているのは荒地で、作物に適さないものばかりといってよかった。

赤甘藷は強い。という点に、望みを託すしかなかった。

「探します。そして手を入れます」

「それでいい。しかし気をつけろ。小屋から離れたところだと、見張れねえからな。荒らされるかも知れねえぞ。何しろ島にいるのは、飢えた狼ばかりだ」

「そうですね」

適切な助言だった。小屋内に置いてあった俵まで、奪われた。

頭陀《ずだ》袋に入っていた赤甘藷を検《あらた》めた。

「これは」

驚いた。十以上の芽をつけているものが何本もある。しかもすでにあらかたの芋から芽が出ていた。いや、それだけではない。二、三寸の蔓《つる》になっているものも少なからずあった。

「もう、このまま植えられるものもある」

ふみがのぞき込んで言った。

芽の多そうなもの五十本を選んで、引き取ることにした。籠《かご》を借りて、小屋へ持ち帰った。

「そんなにたくさん、どうするんだい。すでにもう蔓が出て、食べられねえんじゃねえかい」

籠を目にした治兵衛が言った。

「いや、育てるのですよ」

胸が躍ったのが分かった。施しを受けるのではない。与えられて仕事をするのでもなかった。自らの手で、これから育てる喜びだ。舂米屋《つきごめや》を米問屋にしようと、死に物狂いだった時期がある。そのときに似た気持ちの昂《たか》ぶりがあった。

「いいじゃねえか。おれもやりてえところだ」

治兵衛は体が動かない。寂しげな呟《つぶや》きだった。

赤甘藷を置いた角次郎は、小屋を出て畑になりそうな場所を探した。雑草が繁っている。またそれすらまばらな、岩だらけの傾斜地もあった。しかも畑地は、小屋から見えるところにしなければならない。

「ここはどうか」

一面に雑草が生えているが、かろうじて地べたにこびりついているものだ。水が充分にいきわたらない土地らしい。緩やかだが傾斜地でもあった。

しゃがんで土を手で撫《な》でてみた。田圃にならないだけでなく、まともな野菜もできそうにない砂交じりの質の悪い土だった。しかし記憶にある農書の記述では、水が少なくとも、痩せた土地でも作れるとあった。

目の前の土地は、百坪ほどの広さだ。

記述にあった事項を、必死で思い出す。駄目かもしれないが、駄目とは言い切れない。水は桶《おけ》で汲《く》んできて、必要なだけ撒《ま》いてやればいいのではないか。肥料はやらない方がいいとあった。蔓が伸びて、芋に養分がいかなくなるというものだった。

念入りに他も探した。やれそうな土地もあったが、そこは五十坪ほどの広さだった。

「ここでやろう」

と腹を決めた。今は赤甘藷を植える最適の時期だった。だからこそふみも、やっていた。

ただそのためには、雑草を取るだけではすまない。土地をできるだけ平らかにして、畝を拵《こしら》えなくてはならなかった。一人でもできないことはないが、それでは手間がかかる。

夕方になって、卯作や岩吉、豊次郎が戻ってきた。

「仕事にありつけたか」

「だめだった」

皆が、まずそれを確かめる。卯作はまた、食用の草を摘んできていた。豊次郎も同じことをしていたが、「これは駄目だ」と半分以上が弾《はじ》かれた。岩吉は、昨日は空《す》きっ腹を抱えて帰ってきた。今日は昨日ほど、腹を空かせた気配がなかった。卯作と豊次郎のやり取りを見ているだけだった。

岩吉は、あるいは何かの仕事を得られたのかもしれない。しかしそれは、すでに腹の中に納まってしまった。ないとはいえないと感じたが、それを口にする気持ちは角次郎にはなかった。

ここで角次郎は、赤甘藷《かんしょ》作りについて伝えた。

「やってみてえですね」

卯作が真っ先に言った。百姓の出だからか、目を輝かせていた。

「おれだって、やるぜ。畑のことなんて、やったこともねえが」

岩吉は、食うためならば何でもといった顔だった。

「わ、私も、やるさ。どんなことでも」

慌てて豊次郎も言った。ここにいれば、しばらくは食うことができる。その計算はあるだろう。

翌日は、苗作りをした。まずは芋から芽を外した。

「大事に扱えよ。芽一つでも粗末にするなよ」

卯作が言った。赤甘藷はないが、里芋作りはしたことがあるとか。

「里芋は乾燥に弱く、水が十分でないと育ちません。赤甘藷は、ここで大丈夫なのでしょうか」

「もちろん水がなくては育たないが、根がついたら、たまに雨が降ればそれでいいようだ」

火山灰や砂だけでは育たないが、土が交ざっていれば育つ。角次郎は、記憶にある内容を伝えた。

「だからこんな土地でも、作れるわけですね」

「そうだ。この島に合った作物だ」

ただ苗にするには、芽は水につけた方がよさそうだ。桶に外した芽をつけた。赤甘藷は何もしなくても根は出るが、その方が早いという判断だ。

根が生えだしたところで、土に植える段取りだった。

翌日角次郎は、卯作を伴って兼五郎の家へ行った。畑地にする場所について、伝えたのである。

「おれも、やるならばそこにするだろう」

と返してきた。場所選びは、間違っていないらしかった。

「畝を作りたいのですが、農具を貸してもらえませんか」

兼五郎は渋ったが、ふみが味方をしてくれた。

「あたしも一緒に行くから、貸してもいいんじゃないかい」

それで話がついた。

ふみは子どもの太吉を連れてきた。

出かけている間に、岩吉と豊次郎には草むしりをしておくように命じていた。しかしさして進んではいなかった。休んでいて、足音を聞いて動き始めた気配があった。

「手を抜いたならば、芋ができても食わせないぞ」

角次郎が一喝した。

一同で草むしりから、始めた。炎天下での仕事は確かに辛《つら》いが、やらないわけにはいかなかった。ふみは監視の役割だったが手伝った。太吉も草むしりを始めた。岩吉や豊次郎より、よほど手際が良かった。

草むしりが済んで、畝作りとなる。角次郎と卯作、岩吉の三人はやったことがあったが、江戸育ちの豊次郎は、畝が何かさえ分からなかった。すでにへばっている。岩吉と豊次郎には、水を汲みにいかせた。この二人は、見ていないと手を抜こうとする。角次郎は睨《にら》みを利かせた。

太吉は一人遊びに慣れているのか、手間のかかる子ではなかった。手伝いも、自分から進んでやる。

「赤甘藷は、うまいか」

休憩の折に、卯作が太吉に声をかけた。

「そりゃあうまいさ。甘くて、腹がいっぱいになる」

「ならば、生き延びられる」

笑顔を向けて言った。手伝ってもらった礼も口にした。すると太吉は、「えへへ」と笑った。卯作は、手に大葉子の花枝を根本から取ったものを、何本か持っていた。

「これから、大葉《おおば》子《こ》相撲をするぞ。太いものをこの中から選べ」

太吉は怪《け》訝《げん》な顔をしたが、太いものを選んだ。それと卯作が選んだものを引っかけた。互いに両端を持って引っ張り合う。

「切れた方が負けだ。やるぞ」

卯作が真顔で言うと、太吉も真剣な顔になった。そして卯作の持つ大葉子の花柄が切れた。

「わあっ、勝ったぞ」

太吉がはしゃいだ。太吉はこの遊びを知らなかったらしいが、大人に勝って嬉《うれ》しかったらしい。

「よし、もう一度だ。今度は負けないぞ」

「おれだって、負けないさ」

卯作は島送りの咎《とが》人のはずだが、子どもの扱いはうまかった。その様子を、ふみが楽しそうに見ている。

つかの間の休憩が済むと、畝作りを再開させる。きっちりとしたものでなくてかまわない。畝は排水をよくするためのものだから、赤甘藷では、ないよりはあった方がいいという程度のものだ。夕方になって、半分程度ができた。

八丈島での、生き延びるための赤甘藷作りが始まったのだった。

第二話　消えた船頭

一

熊井《くまい》の妻女雪《ゆき》を訪ねて門前払いを食った善太郎《ぜんたろう》は、川越《かわごえ》藩の側用人《そばようにん》安福源之丞《あんぷくげんのじょう》を訪ねることにした。安福は藩の上屋敷にいる。上屋敷は中屋敷と目と鼻の先の赤坂《あかさか》溜池台《ためいけだい》にあった。

安福は大槻《おおつき》よりも格下だが、川越藩の上士として藩主の側近くに仕える者だった。

誰かからの紹介はないが、角次郎《かくじろう》が大目付中川忠英《なかがわただてる》の口利きで会ったことがあった。中川とは、角次郎が勘定組頭だった頃からの付き合いで、善太郎は元服の折に烏帽子《えぼし》親になって貰《もら》った。中川は役目柄、各大名家とは関わりがあり、安福とは昵《じっ》懇《こん》といっていい間柄になっていた。

その縁を、頼ることにしたのである。川越藩の世子問題では、当主直温《なおのぶ》の弟斉典《なりつね》を推す立場にいた。

門前払いを覚悟の上で、善太郎は上屋敷の門番所前に立って声をかけた。こちらが町人と見て舐《な》めた態度だったが、中川の名を出すと「待て」と告げて取次ぎをした。しばらくして、潜り戸が内側から開かれた。

通されたのは母屋ではなくお長屋の一室だったが、掃除の行き届いた風通しのいい部屋だった。中間《ちゅうげん》が茶を運んで来た。

四半刻《しはんとき》待たされたが、会うことができた。

「角次郎殿は、大槻と仙波屋《せんばや》の奸計《かんけい》に嵌《はま》った。そのままには済ませぬとの、お気持ちでござろう」

流罪の一件は、すでに知っていた。中川から聞いたと告げた。藩内でも、大槻や仙波屋の動きで、思い当たることがあったのかもしれない。善太郎に対しては、元旗本と知った上での対応と思われた。

「はい。八丈《はちじょう》より取り戻す決意でございます」

「なるほど、中川様が烏帽子親をなされただけの方ですな」

善次郎の返答を聞いて、安福は言った。協力的な言葉だった。

川越藩では次の世子の決定を前に、二派に分かれた動きが活発になってきていた。

大槻や分家の吉根《よしね》らは、同じ越前《えちぜん》系松平《まつだいら》家の松江《まつえ》藩主斉恒《なりつね》の次男敬次郎《けいじろう》を推している。仙波屋は大槻の、資金面での後ろ盾だ。

「大槻様や吉根様、仙波屋に、変わった動きがありましょうや」

角次郎を八丈へ追いやり、大黒屋を追い詰めた仙波屋は、商いの幅を広げようとしている。このまま行けば、仕入れ先も卸先も、仙波屋に奪われる。大黒屋には危機だが、仙波屋には好機だ。大槻の力添えが大きいのは確かだ。

「大槻は、斉典様を推すか敬次郎様を推すか、旗色を決めていない方々に、近づいている。酒食のもてなしをして、土産を持たせて返す」

「帰り際に、よしなにとやるわけですね」

「そういうことでござる」

川越藩の財政は、破綻《はたん》の一歩前にある。上士といえども、貸し米などがあって、苦しい暮らしを余儀なくされている。そういう中で、豪奢《ごうしゃ》なもてなしを受けると、気持ちを動かす者が現れる。

忌々しそうな顔で、そういう趣旨の話をした。

「角次郎を島へやったことで、仙波屋は相応の金子《きんす》を大槻様に献上なさったのでしょうね」

「そうでありましょう。もちろん、敬次郎様が世子になられた折には、それなりの扱いもいたすに違いない」

藩内の状況を、隠さず話している。安福は、大槻一派によって嵌《は》められた大黒屋《だいこくや》を哀れに思うだけでなく、味方として扱う気持ちになっている様子だった。だから紹介もなく、いきなりの訪問でも会うことができた。

「大槻と吉根、仙波屋の企《たくら》みを暴くつもりでございます」

「力を貸そう」

安福は返した。善太郎は大黒屋のため、安福は川越藩の正当な跡取りとなるべき斉典のためだ。利害は一致する。

「では、まずお伺いしたいことがございます。熊井の妻女のご実父、興芝又右衛門《こうしばまたえもん》様についてです」

「あの者は中屋敷の勘定役で、下士とはいえぬ。もともとは大槻派だったが、娘が離縁となり、熊井が殺害されたことで、立場を明確にしなくなった」

「熊井様が殺されたのは、大槻の企みの一つではないかと考え始めたのかもしれませんね」

「さよう。しかし興芝家には跡取りがあり、また雪には男児と眼病の女児がいる。将来があるゆえ、容易《たやす》くは動けぬのかもしれぬ」

「雪様から、話を聞くことはできないでしょうか」

「分かり申した。中屋敷詰めの親しい者に、文を書きましょう。どこまで話を聞けるかは分かりませぬが、会うくらいはできるでしょう」

　そう言った。

　善太郎は、安福の文を持って、一度門前払いをされた川越藩中屋敷へやって来た。安福からの書状を、先ほどとは違う門番に渡した。

　今度はやや待たされただけで、屋敷内に入ることができた。

　ここでも主家の客ではないからか、家臣の住まうお長屋の一室に通された。北側の日の当たらない部屋だったが窓が開いていて、風は通った。

　雪は、その名のように色白の女だった。しかし色白は、夫を亡くし、暮らしが大きく変わったせいかもしれない。

　善太郎は、熊井殺害の共謀者として流罪になった大黒屋角次郎の倅《せがれ》だと名乗った。安福の文があっても、普通ならば会えないのが当然だと考えられる。けれどもそれでも面会に応じたのは、大槻や吉根に疑念があるからではないかと推量した。

「大黒屋は百俵の米を仕入れただけで、それ以上の関わりはありません」

初対面の挨拶《あいさつ》を済ませると、善太郎はまずこれを口にした。言外に、殺害には関わっていないことを伝えたつもりだった。信じるかどうか分からないが、立場と考えは示しておきたかった。

「熊井殿を殺害した、まことの下手人を捕えたいと考えております」

と付け足した。

雪は小さく頷《うなず》いた。それで善太郎は、まず離別になる一月《ひとつき》くらい前からの熊井の暮らしぶりについて尋ねた。

「あの人は、お役目のことはほとんど口にすることはありませぬ。ただこの一、二か月は、思いつめたところがありました」

「それは、用人としてのお役目についてですね」

「もちろん、それもあったはずですが、娘さよの眼病も進んでいて、これを回復させるためには、高価な薬が入用でした」

用人とはいっても、五十俵の家禄《かろく》では買えなかった。

「熊井殿は、その金子を拵《こしら》えたのですね」

「まあ、そうなります」

川越藩内にはいろいろあった。熊井は吉根家を出ることで金子を作り、倅兵太郎《へいたろう》の行く末も安堵《あんど》されると伝えてきた。

「それらしい話は、前からあったのですか」

「いえ、初めて耳にしたので驚きました」

離縁も絡む話ならば、当然だろう。

「思いとどまるように、話はしなかったのですか」

「あの人は、一度決めたのならば、後へは引きません」

離縁状を手に、吉根屋敷を出て実家へ戻った。その後になって、百俵の件が明らかになった。

「追い払われたとの気持ちになりましたが、上野《うえの》広小路の薬種屋丸池屋《まるいけや》から眼病に効く薬が届きました。南蛮渡来の、高価な薬でした」

これは前に、お波津が調べていた。

「熊井様が言ったことは、嘘ではなかったわけですね」

「はい。ただ百俵の不正は、自らなしたものではありませぬ。金子を得るために、やらされたのだと存じます」

言い終えると、目に涙を溜《た》めた。しかし泣いたわけではなかった。芯《しん》は強い女らしかった。逆に問いかけてきた。

「吉根家は、夫を守らなかったということでしょうか」

その言葉に、怒りと恨みがこもっていた。無念もあるのかもしれない。

大槻や吉根に疑念があるが、藩内での父の立場を考えると、声を大にして何かを言うことは憚《はばか》られるに違いない。それでも誰かに確かめたくて、善太郎に問いかけたのだろうか。

「さあ、どうでしょう」

答えようがなくて、善太郎は言葉を呑《の》んだ。

「この一、二か月で、熊井様がこれまで以上に関わった方はありますか」

これは、ぜひ知りたかった。

「大槻様のご家臣の、内野《うちの》伝三郎《でんざぶろう》様です」

川越藩士ではない。大槻家の家臣だ。初めて耳にした名だった。歳は二十七、八歳で、元は川越にいたが、数か月前に江戸《えど》へ出てきたのだとか。

企みにどのように関わってくるのかは分からないが、何かの役割をこなしているのは明らかだ。当たってみることにした。

二

北町《きたまち》奉行所の笹江《ささえ》は、善太郎から聞いた船頭八助《やすけ》に対する疑念を、確かめなくてはならないと考えた。八助は、偽証をしたのではないかという点だ。知行地から川口《かわぐち》河岸までの輸送の手配をしたとの発言は大きかった。しかし善太郎がかの地まで行って聞き込んだ中では、角次郎の名は出なかった。すでに熊井は亡くなっているわけだから、八助の言葉だけが証拠として残っている。角次郎を陥れるために、吉根家の杉沼や仙波屋の番頭萬之助《まんのすけ》あたりが仲間に引き入れて指図をしたとしても不思議ではない。

「当然、金を受取っているだろう。あるいは、新たな仕事を与えられているかもしれない」

　笹江は呟《つぶや》いた。

　この事件は、単に吉根家の用人がした百俵の不正ではなかった。大大名家の御家騒動が絡んでいて、町奉行所まで利用して己の企みを進めようとしている者がいる。自分まで利用をされた。笹江はそれが許せない。

　町奉行所の与力が、大大名家を相手にどこまでできるかは分からないが、羽前屋《うぜんや》の善太郎や南町《みなみまち》奉行所の同心嶋津《しまづ》らは、角次郎を取り返すために力を尽くしている。自分も、できることはするぞという気持ちになっていた。

出向いたのは、浅草《あさくさ》川の東河岸にある船着場である。八助は荒川《あらかわ》を上り下りして、荷を運んでいた。荒川で荷運びをする船は深川《ふかがわ》へも行くが、浅草川の東河岸で荷下ろしをすることが多かった。

まずはそこで、聞き込みを始める。このあたりは大黒屋の者が回ったと聞いたが、町奉行所の与力が聞けば、違う返答が出てくるかもしれない。

どこの河岸場も賑《にぎ》やかで、大小の荷船の出入りがある。この日も強い日差しを浴びながら、人足たちは、噴き出す汗にまみれながら荷運びをしていた。

荷待ちの人足は、日陰で蹲《うずくま》っている。川面《かわも》が眩《まぶ》しかった。

八助は船問屋の雇われ船頭ではなく、自前の船一艘《そう》で、大きな船問屋が扱わない荷や、予定外の荷、急ぎの荷を扱ってきた。いつも決まって使ってくれる安定した顧客は少ないと聞いていた。

「八助にしてみたら、川越藩やその縁に繋《つな》がる旗本が関わる商家の荷を運べるならば、偽証くらいは喜んでするだろう」

という見込みを立てていた。

できれば直接に本人から話を聞きたいところだが、八助は江戸に住まいを持つ者ではなかった。荒川の平方《ひらかた》河岸に住まいがあった。さらに年中船で移動をしているから、捉《つか》まえるのはたいへんだった。

ただ折々江戸へ出てきているのは確かだから、浅草川の東河岸で聞き込みをするのは無駄ではないと考えたのである。荷運びをした問屋や、顔見知りの荷運び人足、逗留《とうりゅう》した旅籠《はたご》、出入りの居酒屋などを当たれば、次の江戸入りの時期やこれまで明らかになっていない動きが見えてくるかもしれない。

「知りませんね、豊丸《ゆたかまる》も八助も」

問いかけた初めの何人かからは、そんな返答しかなかった。しかし知っているという者は、すぐに現れた。

「そういえば、何日か前に姿を見ましたよ」

荷待ちをしていた人足が言った。ならば今は、江戸にいないようだ。薪炭屋の荷を運んで来たと言うので、その店に行って手代に問いかけた。

「二、三か月に一度くらい、荷を運んでもらいます。他より安く運ぶので、うちでは一年前くらいから使っています」

「この一か月ほどは、忙しそうにしていないか」

「そういえば、そうかもしれません」

とはいえ具体的な何かについて、分かっている様子ではなかった。他にも八助及び豊丸を知る者を探して聞き込みをしたが、取り立てのことは分からなかった。

ただ出入りしていた居酒屋では、それまでとは少し違う話を聞けた。

「先月あたりから、前よりもお金を使うようになりました。どうしたのか聞いたら、いいお客がつくようになったって言っていました」

　中年の女中が告げた。ただ具体的な客の屋号などは口にしなかった。

「店で親しく飲んでいた者はおらぬか」

「それならば、倉庫番の九助《きゅうすけ》さんでしょうか。会えば楽しそうに話して飲んでいました。生まれ在所が近くだそうで」

　というので、九助がいる倉庫へ行った。九助は四十代半ばの歳で、平方河岸に近い村から出てきた者だとか。

「ええ。荷運びはうまくいっているみたいです。前よりも、いい値で運べるようになったって」

　どこの仕事かは分からない。

「では、ごちになったのではないか」

「いや。あいつは、吝《しわ》いやつです。でもここへは、前よりも通うようになったみたいです」

小指を立てた。

浅草の柳下に、馴染《なじ》みの女郎がいるという。九助は店の名と女郎の名を覚えていた。藤車《ふじぐるま》なる見世の、あやめだそうな。

そのまま足を向けた。

まだ商いはしていない。格子の張見世も、明るい日差しの下で見ると、どこか侘《わび》し気に感じた。見世のやり手婆《ばば》を通して、あやめを呼んだ。

歳は二十一、二で肌は浅黒いが、商売用の化粧をすれば、それなりの器量だろうと察せられた。客を通す小部屋で話を聞いた。戸は開けていたが、部屋には脂粉のにおいが残っていた。

「ええ、江戸へ来たときは、よく顔を出してくれました」

少なくない客が来るのだろうが、あやめはすぐに八助が分かった。上客の部類だったようだ。独り者だと話したが、本当かどうかは分からない。船頭は旅人と一緒だから、言うことはあてにならないと笑った。

「三月以降、変わったことはないか」

「そうですね、心づけを前よりも多く貰《もら》うようになりました」

少し考えてから口にした。そして続けた。

「うまくいっているんだねって言ったら、川越藩関わりの店の荷を運んでいるんだって威張りました」

「どこの店の荷か、話したか」

今の証言だけでも、八助を責める材料にはなりそうだ。しかし具体的な店が分かれば、話が早くなる。

「ええと。浅草三好町《みよしちょう》の米問屋で、小西屋《こにしや》とか言ったっけ」

大西屋《おおにしや》かもしれないと迷ったが、それだけ分かれば充分だった。

三好町へ行った。この町に米問屋は、大西屋が一軒あるだけだった。笹江はその小僧に問いかけた。

「うちは川越藩の米を、諏訪町《すわちょう》の仙波屋さんを通して仕入れています。ここのところ三回くらいは、豊丸で運ばれてきました」

川越にある仙波屋の倉庫で仕入れて、江戸へ運んだ。詳しく時期を聞くと、角次郎が牢《ろう》屋敷へ入れられたあたりからだった。

「誰が運ぶように命じたのか」

「さあ」

小僧は知らなかった。主人や番頭に訊《き》けば分かるはずだが、それをすると調べていることが大槻なり仙波屋に知られる気がした。まだ大袈裟《おおげさ》にはしたくない。他の売り先の話などもして、小僧とは別れた。

何であれ、八助が川越藩に関わる荷を、あの事件後に運ぶようになったのは明らかだった。

「善太郎の疑念は、これでさらに濃くなったぞ」

笹江は呟《つぶや》いた。

三

畝作りは、二日目になった。この日も朝から炎天、目が痛くなるほどの青空だった。潮騒と蟬の音が、森の一帯を包んでいた。

朝のうちに小屋にある大小の桶《おけ》に、水を蓄えておく。湧き水だから、井戸から汲《く》むようなわけにはいかない。前夜の内に、大きな桶は据えておいた。

「ここは、水だけはうめえ」

岩吉《いわきち》の言葉に、一同は頷《うなず》く。

早朝から、開いた畑に入る。仕事の指図は、角次郎がした。告げられたことに、逆らう者はいなかった。稼ぐのがたいへんならば、食い物は自分たちで拵《こしら》えなければならない。

この数日だけでも、島で生きることの辛《つら》さ厳しさは、皆が膚《はだ》で感じていることだった。

農具の扱いは、さすがに卯作《うさく》がうまかった。手慣れている。角次郎もかなわない。ただ岩吉も、できないわけではなかった。任せておくと、畝ができてゆく。

「おめえ、上州《じょうしゅう》のどこの出だ」

「甘楽郡《かんらぐん》だ」

卯作が尋ねると、岩吉はぶっきらぼうに答えた。神流《かんな》川上流にまたがる土地だ。浦賀湊《うらがみなと》のお調べで、皆が生国を伝えた。卯作は覚えていたらしかった。しかし岩吉は、それ以上のことは口にしない。卯作もその先を尋ねたわけではなかった。

土を起こす音が続いた。

岩吉は卯作と違って、百姓仕事が楽しそうではない。仕方がなくやっている。見ていれば分かった。

江戸で暮らすようになったのは、口減らしのために出されたのか、百姓仕事が嫌で飛び出したのかは分からないが、無宿者の拗《す》ね者として江戸で生きてきたと思われた。

今は逃げ場のない島に追い詰められて、仕事を選ぶことはできなくなった。生き残るためには嫌なことでもやらなくてはならないと、体を動かす中で知るしかなかった。

畑ではまったく使い物にならないのが、豊次郎《とよじろう》だ。鍬《くわ》で土を起こすことができない。腰がふらついているだけではない。柄を握る手も確かではないから、土をすくえないのだ。水運びや、周辺の草取りをやらせた。

「こんな土で、食い物が育つんだろうか」

岩吉が言った。やっていることが、無駄ではないかという気持ちもあるらしかった。

「赤甘藷《かんしょ》は強い。我らがしていることは、間違ってはいないぞ」

角次郎は、畑にいる三人に聞かせるつもりで言った。返答はないが、そのまま続けた。

「赤甘藷は植えてから百日から百二十日くらいでできる。水は少しでいい。この島には適した作物だ」

記憶にある農書からの受け売りだが、勇気づけたつもりだった。赤甘藷が食べられるようになるまで、何とか食い繋《つな》げられそうな米がある。種芋もあった。それが幸いなのは、卯作や岩吉には分かるはずだった。

この日も、ふみと太吉《たきち》親子が顔を見せた。ふみは、畝作りに加わる。太吉は母に命じられた手伝いをする。その合間に、大葉子拾いをした。

「また、大葉子相撲をするか」

「うん」

「今日は、手加減をしないぞ」

卯作が声をかけると、太吉は嬉《うれ》しそうに言葉を返した。

「私はまだ、殴られ蹴《け》られした跡の腫《は》れが消えないんですよ。ちゃんと手当てをしないで、無理をしているからかもしれません」

豊次郎はふみが働く傍へ行って、傷の痛みを訴えた。小屋では誰も相手にしないから、ふみに甘えているのである。

ふみは話は聞いているはずだが、動かしている手は止めない。同情をかいたいのだろうが反応はないので、話の中身を変えた。

「私の実家は、四谷塩町《よつやしおちょう》の蠟燭《ろうそく》屋なんですよ。次男坊ですけどね、おふくろが可愛がってくれて。それできっと次の船で、私のところへ見届物が届きます」

「…………」

「そうしたら、お世話になったお礼をさせていただきます」

見届物とは、流人に国許《くにもと》の親類縁者から届けられる生活物資をさす。中心は食物だ。古くは高貴な身分の者に限られたが、元禄《げんろく》期あたりから願い入れをすれば許可されるようになった。

もちろん品を、簡単に島行きの船に載せてもらえるわけではない。手続きは、願書を伊豆《いず》七島支配代官に提出し許可を得るところから始まる。代官所では慎重な吟味が行われ、ここでは袖《そで》の下の多寡によって、事務の進み具合が変わるといわれた。許しが出たところで、出航に合わせて鉄砲洲《てっぽうず》の島会所に品を運ぶ。ここでも厳重な点検があったのち、島に運ばれた。

島でも名主が立ち会って受け渡しが行われる。流人はただ受取るなどはできないから、相応な礼を、受取った品の中から差し出さなくてはならない。しかし見届物が入ることで、暮らしは一変する。豊次郎が口にしたのは、そのことだった。

ただこれには、とんでもない費用がかかる。よほどの分限者の親族がいなければできない。だから豊次郎は、実家が四谷塩町の蠟燭屋だと口にしたのだ。

気を引こうとしたのだが、ふみは相手にしなかった。口元に、微《かす》かな嗤《わら》いを浮かべただけだった。

「ふん。見栄を張りやがって」

岩吉が嘲笑《あざわら》った。そのまま続けた。

「どうせ道楽が過ぎて勘当された厄介者だ。おまけに島流しになるような悪さをしやがった。そんなやつには、いくら親だって金と手間をかけて荷なんざ送るわけがねえ。それならば、やってきた船に載せたはずだ」

誰もがそうだと思える話だった。豊次郎は、言葉を返せなかった。顔を強張《こわば》らせた。これまで口に出したことはなかったが、そういう願いがあったのかもしれない。それが岩吉の一言で、打ち砕かれたのである。

水につけていた芽から、根が生え始めた。

「すべてが根のある苗になったら、植えるぞ」

「水につけると早いですね。あと三、四日でしょうか」

卯作とは、前向きな話ができる。ここで関わっている限りでは、誰も島流しの極悪人には見えなかった。

四日後、卯作の言葉通り苗ができた。その間四人は村の仕事を得に出ていたが、この日は畑仕事をする。四日の間、四人がすべて食べ物を得られた日は、一日もなかった。

とくに豊次郎はひどかった。漁師の網の手直しで、稗《ひえ》を一握りほど受取っただけだった。これでは飢えて死を待つしかない。

「早く赤甘藷ができてほしい」

豊次郎が苗を見ながら、真顔で言った。過酷な暮らしの中で、己ができることを、しなければならないことを、徐々に分かってきているらしかった。

特に畝ができた日に、見届物について岩吉から言われたことが胸に響いたらしかった。賢い者ではなさそうだが、取り立てて愚かでもないようだ。

この日も、ふみと太吉がやって来た。水桶《みずおけ》を持ってきてくれた。卯作と親子の三人で、水を汲《く》みに行った。

「どうも卯作とふみは、変ですぜ」

豊次郎が言った。羨《うらや》む響きになっている。角次郎と岩吉は、その言葉を無視した。

「では、植えよう」

卯作らが水を汲んできたところで、角次郎が声をかけた。どのように植えてゆくか、ふみに意見を訊《き》いた。島ではどうしているか、参考にすべきだった。

「まず、三寸くらいの植穴を掘ります。間は一尺くらい空けたらいいでしょう」

「なるほど」

そんなところだろうと思った。角次郎は念のため、昨日は島内の赤甘藷畑を見て廻《まわ》っている。ふみの話は、卯作や岩吉、豊次郎も聞いていた。

「植え方は、斜めに植える場合と真っ直ぐに植える場合があります。斜めに植えると細い芋になりますが数は多くなります。まっすぐだと根は縦に短く伸びるため、数は少なくなります」

「ならば斜めに植えよう」

卯作の言葉に、反対する者はいなかった。ふみが実際に植えて、手本を見せた。

「塊根の基になる不定根がよく出るように、しっかりと植えつけなくてはいけません」

ふみが念押しをした。

作業が始まった。腰を屈《かが》めてやる仕事だから、慣れない者には辛《つら》い。畝ごとに仕事を始めると、差がついた。

「こりゃあ、たまらない」

最初に音を上げたのは豊次郎だった。手を止めて伸びをし、腰をさすった。進み具合も一番遅かった。

植え付けの具合を、検《あらた》めてみた。初めのうちはしっかり植えていたが、次第に雑になってきた。それでも生えるかもしれないが、角次郎は納得のゆくやり方で進めたかった。

「駄目だ。やり直せ」

きつい口調で言った。豊次郎の顔は、半べそになった。

次に遅いのが、岩吉だった。百姓の生まれだから、それなりにやれる。しっかりと植えられていたが、同じ作業を続ける根気のいる作業は不向きらしかった。動きが鈍くなるのが分かった。次第に植え方が雑になった。

「これとこれは、やり直しだ」

言われた岩吉は、一瞬むっとした顔になる。しかし逆らうことはなかった。いい芋をたくさん作りたい。そうでなければ意味がないと、角次郎は考える。

半分ほど植えたところで、人の気配があった。顔を上げると、村名主の兼五郎《かねごろう》と村人が一人やって来たのだった。

「よくできているじゃあねえか」

兼五郎が言った。村人が頷《うなず》いた。二人は、畑の様子を見に来たのだ。ふみから、事情は聞いているらしかった。

「これならば、うまくいくだろう」

そう言って、兼五郎らは引き上げていった。その言葉は嬉《うれ》しかった。角次郎と卯作は、顔を見合わせて笑った。

一畝できたところで、水をたっぷり与えた。

「土が乾いているので、これは欠かせない。根がついたら、時折雨が降ればそれでいいけど」

ふみが言った。

夕方近くになって、すべてを植え終えることができた。

「ああ、見事な景色ではないか」

「そうですね」

角次郎の言葉に、他の者たちが応じた。小屋で横になっている治兵衛《じへえ》も、起こして畑の様子を見させた。

「てえしたもんだ」

満足そうにつぶやいた。

畑の様子を気にし、わざわざ見に来た者は兼五郎らだけではなかった。雑木の中にふと目をやると、東助《とうすけ》と仲間らしい流人の二人が、畑の様子を見ていた。角次郎らが目を向けると、何も言わずに引き上げていった。ふてぶてしい態度だった。

「あいつら、何か企《たくら》んでいるのか」

岩吉が言うと、卯作や豊次郎が頷いた。

「ここの畑のことは、大賀《おおか》郷《ごう》村や三根《みつね》村では知られているよ。島は狭いからね」

ふみが言った。

四

翌朝、畑は何事もなかった。東助が様子を見に来たことが頭にあったので、角次郎は気になっていた。まだまだ先は長いが、ひとまずといったところだった。

「あっしは、夜中に何度か目を覚ましやしたぜ」

卯作が言った。治兵衛も頷いた。この二人も、同じことを考えていたらしかった。

岩吉や豊次郎も、起きるとすぐに畑を見に行った。

「畑に、肥はやらねえんですかい」

岩吉が言った。早く、大きく育てたいからだ。

「赤甘藷《かんしょ》は、何もしない方がいい」

角次郎は答えた。これも農書にあった知識だ。

「肥を与えても、蔓《つる》が伸びるだけで根に栄養が貯《たくわ》えられるわけではないからだ」

「なるほど。蔓は食えやせんからね」

納得したらしかった。農事でも商いでも、納得させてやらせることが大事だ。

「東助のやつが、気になりますね。寅造《とらぞう》が、様子を見に来させたのかもしれません」

卯作が言った。

寅造や東助は、食糧を奪った仲間の流人を、分け前のことで簡単に殺した。卯作はその様を見ている。何をするか、知れたものではないという気持ちがあるらしかった。

「あいつら、流人仲間の食い物を奪い取ったらしい」

どこで聞いたのか、岩吉が言い足した。

「畑の番が、いりますね」

卯作が話すと、他の者が頷いた。畑を荒らしに来るかもしれないし、収穫ができるようになれば、奪いに来るかもしれない。

夜はともかく、昼間は治兵衛がいるだけだった。何かあったとき、病の老人だけでは心もとなかった。

「あたしが残りますよ」

働きに出たくない豊次郎が言ったが、誰も相手にしなかった。

「角次郎さんに残ってもらいましょう」

卯作が言って決まった。卯作と岩吉、豊次郎の三人は朝飯を済ませると、稼ぎのために出かけて行った。

残った角次郎は、畑を見て廻った。そして充分に植えられていない部分に、土をかけ直した。顔を出している緑の部分が、風で小さく揺れた。

途中、誰かに見られている気はしたが、襲ってくる者はいなかった。枝を取った硬そうな雑木を、防御のために用意をした。

一息ついて、角次郎は小屋から畑に目をやった。治兵衛も、戸口に出てきて目を向けた。殴られた怪我は、だいぶ良くなっている様子だった。

「おれは島へ着いたら、もう五日も生きられねえと思った。ところが角次郎さんに会って、もうしばらく、生きていられそうだ。ありがてえことだ」

治兵衛は、それを言いたかったらしかった。

「いや、治兵衛さんは役に立っている。火熾《おこ》しができる者は、他にはいない」

「なあに。あんなことは、慣れれば誰にだってできるさ」

蟬の音と潮騒《しおさい》の音だけが響いてくる。それだけの島だ。病の治療はできないから、ここで死ぬしかない老人だ。仕方がないことだが、話す気があるならば昔のことを聞いてもよかろうと考えた。

「江戸の生まれだそうですね。どこで火熾しを覚えたのですか」

それは気になった。浦賀で生国や簡単な罪状を聞いたが、詳しいことは知らない。

「おれは若い頃、町の木戸番小屋の番人をしていたんだ。裏長屋の住人や、橋の下に住み着いたようなやつは、炭壺《つぼ》や灰に種火を残しておくことができねえ。それで試しにやってやったら、火が熾った。だんだん慣れて、それで教えてやれるようになったんだ」

世話焼きの番人だったらしい。

「女房や子どもは、いなかったのですか」

「いたよ、大昔には。でも流《はや》り病で亡くしちまった」

「そりゃあ、済まないことを聞いた」

「いや、女房や子どものことを話したのは、何年かぶりだ。誰も聞かないからね。てめえで思うだけだった」

ここで初めて、寂しそうな表情になった。

「年を取って、木戸番もやれなくなった。火熾しじゃあ、食えないからね。物貰《ものもら》いをしていた。あれならば何かができなくても、体の具合が悪くても、座っていればいい」

物貰いは、四、五年くらいやったとか。腹痛はあったが、医者に診せるなどは考えもしなかった。

「おれは、人殺しだ」

ぼそりと言った。だから、こうしてまだ生きていられるだけ幸いだ。

「人を殺していたら、島送りにはならないではないか」

浦賀では、盗みを働いたことになっていた。

「そりゃあ、お目こぼしだ。年の瀬の寒いときに、道で行き倒れ者を見つけた。おれは寒くてひもじくて、行き倒れの者の衣服と銭を盗んで捕まったんだ」

「やはり、殺してはいないではないか」

やるせない話だが、責めるつもりはなかった。

「いや、そうじゃあねえんだ。その行き倒れは、次の日の朝に死んでいた。誰かが気がついて助けてくれたらいいと思ったが、それはなかった」

「なるほど、島へ来ることが罪滅ぼしだと思ったわけだな」

「あのとき、おれが着物と銭を盗まなければ、おれが死んでいた。奪った銭で、蒸かし芋を買って食ったから、命拾いした」

何事もなくて、島流しになる者はいない。治兵衛が、生きることに執着しない理由が窺《うかが》えた気がした。

夕方になって、卯作が戻ってきた。

「無事で、何よりです」

畑を見てから、小屋へ入ってきた。豊次郎や岩吉も、すぐに畑のことを話題にした。

「赤甘藷ができたら、もう他所《よそ》で仕事をしなくてもいいんだろうか」

豊次郎が誰に言うともなく口にした。仕事を得るために村人のところへ行って、今日も嫌な思いや、怖い思いをしたらしかった。顔に殴られた跡があった。

すると岩吉が、からかう口調で返した。

「芋だけ食っていればいいのか。てめえなんざ、ここから出たらじきに飢えて死ぬだけだ」

「じ、自分だって、そうじゃあねえか」

豊次郎が言った。精いっぱいの反論だ。角次郎や卯作がいなければ、殴られるだけだ。

「おれはな、おめえみたいなやわじゃあねえんだ」

「どんな暮らしを、してきたんだ。ふ、二親だっていただろうに」

「ふん、いやしねえ。火事で焼かれて、おれは親の顔なんて見たこともねえ」

「じゃあ、どうやって食ったんだ」

どこか怯《ひる》んだ顔になって、豊次郎は問いかけた。

「親戚《しんせき》の家を、盥回《たらいまわ》しされたんだ」

八つのときに、腹が減ってどうにもならず、干し芋を盗んだ。捕まって殴られた。置いてくれていた者は、「出て行け」と言った。

「それで家を出て、一人でやってきた。人殺し以外は、何だってやったさ」

睨《にら》まれると、豊次郎は何も返せなくなった。

「おめえは、人を殺《あや》めたんじゃあねえのか」

浦賀湊《みなと》での検《あらた》めでは、そう言われていた。覚えていたらしい治兵衛が言った。

「ああ、そうだよ。だがよ、あれは殺《や》れと言われたからだ。殺らなければ、何をされたか分からねえ」

「親分にだな」

「そうだ」

どこか不貞腐《ふてくさ》れた言い方になった。

「縄張り争いでもあったのか」

「ふん」

岩吉は答えなかったが、誰もがそんなところだろうと察したはずだった。

幼少期に親を亡くし、ぐれてやくざの子分になった。そして殺しの実行役をやらされて、島送りになったのだ。

「食事にしよう」

卯作が言った。朝炊いたものを、温め直して食べる。食べ終わって暗くなったら、寝るしかない。海鳴りを子守唄《うた》にするだけの暮らしだった。

五

夢うつの中で、角次郎は海鳴りだけではない物音を聞いて目を覚ました。何の音か、すぐには分からなかった。何かを踏む音にも聞こえる。

岩吉が鼾《いびき》をかいているが、それではない。小屋の外の微《かす》かな物音だ。

角次郎は、上半身を起こした。

「外に、誰かいるぞ」

治兵衛も目を覚ましていたらしい。抑えた声で言った。

音を立てないように、角次郎は立ち上がった。戸口に置いている木の枝で拵《こしら》えた棒を、摑《つか》んだ。

暑いから戸は開けたままで寝ている。音を立てずに、角次郎は外に出た。音がするのは、赤甘藷《かんしょ》の畑の方からだ。月明かりが、動くものを照らしている。

目を凝らすと、黒い動く影が三つ浮かんでいた。何かを踏みつぶすようなしぐさで、畑を荒らしているのだと気がついた。

「おまえら」

角次郎が、闇に向かって声を上げた。

その瞬間、三つの黒い影は、飛び散るように三方に逃げた。角次郎はその一人を追った。

殺すつもりはないが、懲らしめなくてはならない。二度とこのようなことはさせないという決意だ。このときには、卯作や岩吉も飛び出してきていた。

「このやろう」

卯作が叫んだ。怒りがこもっている。何があったか、説明を聞かなくても分かったようだ。

角次郎は逃げる男に追いついて、肩を摑んだ。体力や膂力《りょりょく》では、若い者に負けない。力任せに引いた。瘦《や》せた男の体は、たわいもなく地べたに転がった。その体に覆いかぶさって押さえつけた。

こうなるともう、身動きはできない。

卯作と岩吉、やや遅れて豊次郎も駆けつけてきた。岩吉が髪を摑んで、顔を月明かりに照らした。

「こいつは、寅造のところにいるやつだ」

前からの流人だ。卯作はその顔を見ている。

「ちげえねえ」

岩吉も言った。聞いてはいないが、岩吉も寅造たちの様子見に行ったことがあるらしかった。

「一畝の半分くらいが、壊されています」

畑を改めてきた卯作が伝えてきた。

「寅造に命じられたのか」

「…………」

何も答えない。そこで角次郎は、後ろに回した腕を捩《ね》じり上げた。関節を外すつもりでやった。二度と悪さをする気がなくなるくらい、痛めつけてやるつもりだった。

「お、おれたちが、勝手に、や、やったんだ」

悲鳴のような声を上げた。

「正直に言わないと、この腕を、二度と使えなくするぞ」

関節が外れる、ぎりぎりのところまで捩じり上げた。

「寅造に命じられたんじゃあねえか。いい加減なことをほざきやがると、足の骨を砕くぞ」

岩吉が言った。本当にやろうという気迫だった。さすがにこういうときの物言いには、凄《すご》みがあった。

石を拾って来て、それで太腿《ふともも》を打った。骨は折れなかったが、痛みは激しかったようだ。足の骨を折られたら、まともな治療を受けられない島では生きていけない。

「ひいっ」

泣き声だった。

「寅造に命じられたんだな」

「そ、そうだ」

ようやく白状した。

「どうしますか」

「明日の朝、兼五郎さんのところへ連れて行こう」

寅造のところへ行っても、指図したことを認めるとは思えなかった。下手をすれば喧嘩《けんか》になって、死傷者が出るかもしれなかった。しかしまたやられてはたまらない。

丈夫な蔓《つる》を使って、捕えた流人の体を縛り上げた。

明るくなったところで、角次郎は縛ったままの流人を連れて、兼五郎のところへ行った。岩吉と豊次郎を伴っている。卯作には、畑の番をさせた。畝の修復もしなくてはならない。潰《つぶ》された苗もあるが、生きている苗も少なからずあった。

「昨夜、この者を含めた三名の者が、畑を荒らしに来ました」

「それで、どうしろというのか」

迷惑そうな顔だった。流人同士の悶着《もんちゃく》は、流人同士で片付けろと告げられている。角次郎は、仲裁や罰してもらうことを頼むつもりではなかった。

「これから、三根村の名主弥兵衛《やへえ》さんのところへ行きます。あったことを伝えます。そのやり取りを、聞いていていただきたいのです。それだけです」

口利きをしてくれと頼んだのではないぞ、と伝えたつもりだった。しかし兼五郎の表情は変わらなかった。

「面倒な話ではないか」

それが返事だった。行ってしまおうとしたところで、その場にいたふみが声を出した。

「いいじゃないか、それくらい。いるだけでいいんだから」

助け舟を出してくれたのだ。

それで兼五郎は、苦々しい顔をしたが頷《うなず》いた。

「いるだけで、何も言わないぞ」

「それで結構です」

角次郎は返した。これからのやり取りでは、何も言わなくても、兼五郎がいるかいないかが勝負になると思っていた。

兼五郎を交えて、角次郎ら三人は三根村の弥兵衛の住まいへ行った。

話を聞いた弥兵衛も、迷惑そうな顔をした。しかし兼五郎がいるから、追い返しはしなかった。

「どうしたいのか」

一応聞いてきた。しかし力を貸すつもりがないのは、目顔を見ていれば分かった。

「寅造のところへ行きます」

「おれは、関わらねえぞ」

弥兵衛は、念を押すように言った。

「もちろんです。ただ寅造とのやり取りを、見ていていただきたい。それだけです」

「あんたも行くのか」

「見ているだけだ」

それで弥兵衛も、同道することになった。寅吉の小屋がある場所へ行った。捕えた流人は震えていた。

小屋の前で、寅造を呼び出した。すると駒造《こまぞう》や東助、他の流人も出てきた。頭格の三人の顔には、驚きはない。こうなることを予想していたに違いなかった。ただ兼五郎と弥兵衛がいるのは、予想外らしかった。ちらと目をやった。

　角次郎はまず、捕えた流人がここの者だということを確認した。その上で畑を荒らされた状況を伝えた。さらに捕えた男が、寅造に命じられてやったと白状したことを伝えた。

「何だと、おれがやらせただと」

　寅造は、縛られた流人を怒鳴りつけた。流人は血の気をなくして震えていた。寅造は、問いかけた。

「おれが、やらせたのか」

　目と言葉が脅していた。

「い、いいえ。そうではなくて。お、おれが勝手に」

　と返した。こうなるのは、見えていた。おそらく、もう翻らないだろう。しかしそれでも、縛って連れてきたことには意味があった。

「勝手であれ何であれ、こいつはあんたのところの者だ。ここにいる者には、二度とこういうまねはさせないと、二村の名主殿の前で約束してもらおう」

　これが角次郎の狙いだった。

「勝手にやる分には、どうしようもねえ」

それでもふてぶてしかった。

「いや。やらせないと言えばいい。次にあったら、私はあんたがやらせたと思う」

「この野郎」

怒りの目を向けた。駒造や東助らが身構えた。しかしここで、弥兵衛が声を上げた。

「おまえの小屋の者が、昨夜畑を襲ったのは間違いない。ならば、もう二度とさせないと言えば済むことではないか」

流人同士のやり取りが長引くのを、面倒だと感じての言葉だ。さっさと終わらせろという意味だ。

何であれこの発言は、角次郎には好都合だった。

「分かりやした。させねえようにしやしょう」

憎々しげな眼を角次郎に向けて、寅吉は言った。

角次郎は、流人を縛っていた蔓を解いて引き渡した。そして兼五郎と共に、村に引き上げた。

小屋にいた卯作に、一部始終を伝えた。

「それでもやるつもりなら何かするでしょうが、まずは抑えになるでしょう。名主二人を付き合わせたのは、妙案でしたね」

卯作の言葉に治兵衛や岩吉、豊次郎も頷いた。

「寅吉は、あの男を殺すのではないか」

角次郎はそれが気持ちに残っていた。

「いや、それはねえでしょう。今やったら、すぐに誰がやったか分かりやす。せいぜい半殺しでしょう」

岩吉が答えた。

六

善太郎は、熊井の別れた妻女雪から聞いた、大槻家の家臣である内野伝三郎について、腰を据えて調べてみることにした。これまでは吉根家の杉沼《すぎぬま》太四郎《たしろう》ばかりに目を向けていたが、調べの範囲を広げる必要を感じた。

そこで川越藩上屋敷の安福を訪ねることにした。いつでも訪ねてよいと言われていた。

今日もいきなりの訪問だったので、半刻《はんとき》待たされた。しかし会うことはできた。

雪から聞いた話を伝えた上で、内野について分かることを聞いた。

「大槻殿は、今は江戸詰の年寄で、家老職に次ぐ身分だ。この中から次に家老になる者が選ばれる。大槻はそれを狙っているわけだ」

松江藩松平家の幼い敬次郎を川越藩の世子にすることで家老職につき、藩政の実権を握ることを目指している。これについては、前にも聞いた。大槻の家禄《かろく》は千石で、川越城下に屋敷があった。江戸にも赤坂田町《たまち》に私邸を持っていた。

「内野は二十七歳で、大槻家の家臣だ。川越藩士ではない。陪臣として藩邸に入ることはできるが、常には田町の私邸で過ごして、大槻の企《たくら》みに関する用を足しているようだ」

馬《ま》庭念《にわねん》流の遣い手で、法神《ほうしん》流を使う杉沼とは五分五分の腕前だとか。

「では熊井殿を斬ったのは、内野殿ということも」

「ないとはいえないでしょう」

ただ内野の動きについては、藩邸内で暮らしていないので分からないところが多い、と告げられた。剣術の名手ではあっても武骨者ではなく、なかなかの切れ者だという噂はあるそうな。

「藩内及び越前松平家の、敬次郎派の者と繋《つな》ぎを取っているようでござる」

江戸へ出てきたのは年が明けてからだが、国許《くにもと》にいたときにも、大槻の命で藩の重臣とは会っていた。藩内の人脈には通じた者と考えてよさそうだ。

「では内野殿が熊井殿と関わることは、どうでしょう」

「そこは分からぬ。陪臣と分家の家臣のことですからな」

内野は江戸へ出てきてから、熊井と知り合ったと考えるのが順当だ。

それから善太郎は、赤坂田町の大槻の私邸へ向かった。藩邸からは、歩いても四半刻もかからない場所に私邸はあった。

田町には大きな商家などはなく、落ち着いた町だった。職人の親方の家とか、隠居所、妾宅《しょうたく》といった風情の建物も見かけられた。

町の木戸番の番人に聞いて、善太郎は大槻の私邸を確認した。瀟洒《しょうしゃ》な隠居所といった外見で、敷地は三百坪ほどがあった。黒板塀で囲まれて、冠木門《かぶきもん》になっている。

通りかかった赤子を背負った若い女房に訊《き》くと、武家の出入りが多いと答えた。無頼の侍ではなく、皆主持《しゅうも》ちの身なりのちゃんとした者だという。侍が、住人を困らせるようなことはしない。むしろ武家の屋敷があることで、町に出入りする破落戸《ごろつき》を見かけなくなって助かると言った。

次に善太郎は、自身番へ行った。

「あの建物および土地の持ち主は、どなたでしょうか」

嶋津の名を出して、丁寧な口調で初老の書役に問いかけた。若いが善太郎の身なりも悪くないからか、書役の対応は丁寧だった。

「浅草諏訪町の仙波屋さんの持ち物です。お住まいになっているのは、川越藩のご重臣で大槻様ですが」

書役は綴《つづ》りで確かめてから答えた。やはりそうか、と思った。川越藩は十五万石の大藩で、大槻はそこの重臣だ。しかし藩の財政は逼迫《ひっぱく》して、二十三万六千両の借金を抱え、その利息返済に年四万両がかかると聞いている。赤坂田町に瀟洒な私邸を構えるのは、さすがに厳しいだろうと感じた。

仙波屋が裏についているならば、得心のゆく話だった。

「大槻様は、いつからお住まいですか」

「一年くらい前からではないでしょうか」

藩の跡目相続が問題になり始めたあたりからだと思われた。

「内野伝三郎様をご存じですか」

「ええ、ご用人といった様子の方ですね」

内野は自身番へも顔を出すので、話をしたことはあるとか。居丈高な物言いはせず、物分かりはいい方だと書役は言った。ただ屋敷内のことは分からない。

「では内野様は、外でお酒を飲むことはありますか」

「ああ、それならば、町内の小料理屋さつきで飲んでいる姿を見たことがあります」

小さな店だが、器量のいいおかみと娘がいると付け足して笑った。母娘らしい。

善太郎は、小料理屋さつきへ行った。間口は狭いが、格子戸が嵌《はま》っていて軒下には意匠の凝った提灯《ちょうちん》が下げられていた。安そうな店には見えなかった。刻限からして、まだ商いはしていない。戸は開いていて、中を覗《のぞ》くと十七、八くらいの娘が掃除をしていた。書役が言っていた通り、鼻筋の通った色白の可愛らしい娘だった。

器量よしの母娘が愛想よく接待をするならば、店は繁盛するに違いないだろう。

店に入った善太郎は、娘に問いかけをした。

「大槻家の、内野様というご家臣を知っていますね」

「はい。月に三、四回くらい、お見えになります」

ここで小銭の入ったおひねりを渡した。

「お一人で見えますか。それともどなたかと見えますか」

笑顔を作り、軽い口調にして訊いている。警戒されているとは思わなかった。

「御武家さまのときも、商家の番頭さんらしい方のときもあります」

屋敷を訪ねて来た侍と飲むならば、川越藩士だろう。

「どのような話をしていますか」

「さあ。聞いているわけではないので。でも藩士の方の、噂話が多いようで」

「熊井という名を耳にしたことはありませんか」

少し小首をかしげてから口を開いた。その仕草は、愛らしかった。

「あります。前にもお見えになりましたが、三月の頃は、よくお見えになりました」

名を呼び合ったので、熊井と知ったとか。

「ほう」

吉根家の百俵が、江戸へ運ばれたあたりだ。何を話していたかは、二か月以上も前のことなので見当もつかないと返された。

「酒肴《しゅこう》の代金を払ったのは、内野様の方ですね」

「いえ、そうではありません」

「熊井様の方ですか」

これだと、不思議だ。

「仙波屋の萬之助さんが、月末に内野様がお使いになった分をまとめてお払いくださいます」

これならば、あるだろうと思った。これで熊井が内野とも、密接に関わっていたことが分かった。店には杉沼太四郎も姿を見せたとか。

この後善太郎は、大槻の住まいを見張った。外出から戻ってきた侍がいて、近所の者から、それが内野であることを聞いた。顔を確かめたのである。

二十代後半、長身痩躯《そうく》で精悍《せいかん》な眼差《まなざ》し。身ごなしに無駄がない。剣の修行をした者と窺《うかが》えた。

これで善太郎は、赤坂田町から引き上げた。

七

お波津《はつ》は善太郎を通して、北町奉行所の与力笹江が船頭八助の関わりで、浅草三好町の米問屋大西屋を調べた結果を聞いた。笹江と善太郎は、分かったことがあれば伝え合って調べを進めている。

自分も、じっとはしていられなくなるお波津である。帳場を手伝って用を済ませると、銀次郎《ぎんじろう》を引っ張り出して、自分なりの調べごとをしようと考えた。

探る先は大西屋である。笹江は町奉行所の者だから、とりあえずはそのままにした。けれどもお波津は、自分は町の者だし女だから少しばかり調べる分には疑われないと考えた。

「ええ、行ってみましょう」

銀次郎も、大西屋へは関心を示した。浅草三好町へ向かった。蔵前《くらまえ》通りを歩いていると、強い日差しが浅草寺《せんそうじ》の伽藍《がらん》を照らしているのが見えて、目に痛いくらいだった。荷車の音や足音だけでなく、蟬の音も聞こえてくる。

「暑いですね。八丈も、熱いのでしょうか」

噴き出る汗を手《て》拭《ぬぐ》いで拭いながら、銀次郎は言った。

「きっと暑いでしょうね。ずうっと南の島だっていうから」

お波津は、銀次郎が自分と同じことを考えていたのだと思った。商い帖《ちょう》を見ているときや、商いの話をしているときは忘れるが、そうでないときは角次郎のことが頭に浮かぶ。

島の暮らしについては、厳しいと聞くだけで、具体的なことは分からない。想像のしようがなかった。

「食べるのには、困っていないのでしょうか」

米は二十俵を流人船に載せた。赤甘藷《かんしょ》も載せた。銀次郎はそれを踏まえて言っている。しかし流人の島では、何があってもおかしくはない気がした。

「そうだね。何事もなく過ごしてほしいけど」

お万季とは、未明の回向院《えこういん》でのお百度参りを欠かさず続けている。羽前屋のお稲《いね》は、深川神明宮《しんめいぐう》でお百度参りを続けていると聞いた。お珠《たま》は日に日に成長しているから嬉《うれ》しいが、角次郎のことが頭にあるから、素直に喜べない。それも辛《つら》かった。

大黒屋では、角次郎がいない間に商いを傾けさせてはいけないと、皆が気持ちを引き締めている。店は閉じていても、商いは羽前屋扱いで続けていた。札差《ふださし》の羽黒《はぐろ》屋《や》も、変わらず商いを続けていた。

「もし病になったら、ろくな薬もないだろう」

それを考えるとぞっとした。胸の内の言葉が、漏れて出た。お万季《まき》の前では、絶対に口にしない言葉だ。気持ちの弱さが、つい頭をもたげる。

「大丈夫ですよ。旦那《だんな》さんは、お丈夫ですから」

慰めの言葉だが、そうだと信じたい。

「万一何かあっても、旦那さんは何とかなさいますよ」

「そうだね」

銀次郎は自分がそう思いたいから、口にしたのだ。その気持ちが優しく感じられて嬉しかった。

「この人は、だんだん私の胸の内が分かるようになってきた」

口には出さないで呟《つぶや》いた。

二人は、大西屋の店の前に出た。藩米扱いの、それなりに繁盛している店だった。通りで水を撒《ま》いていた小僧に、店が荷下ろしに使う船着場を聞いてそちらへ行った。三好町は浅草川に接していて、御米蔵の北側にある町である。札差から仕入れをする問屋も、少なからずあるはずで米商いの看板を出す店は多かった。

お波津と銀次郎は、聞いた船着場へ行って、そこに居合わせた船頭や荷運び人足に、豊丸や八助について問いかけをした。

「ああ、豊丸や八助のことならば、知っているよ。でもどこの仕事をしているかまでは分からねえな。あいつは、頼まれたら、どんな仕事でもする。船を買うので金を借りたから、返さなくちゃあならねえ」

尋ねた三人目には八助を知っている者が現れ、そう言った。

さらに聞いてゆく。

「そういえばあいつ、近頃忙しそうにしているぜ」

そう言った船頭はいた。ただ川越藩絡みの仕事をしているかどうか分かる者はいなかった。

「もしかしたら川越藩関わりでなく、仙波屋の荷を運んでいるのかもしれないね」

反応がないので苛立《いらだ》ったお波津はそう言った。

「いや、それでは露骨です。仙波屋は避けるでしょう」

自分の意見を銀次郎に潰《つぶ》されると、面白くない。いく分不貞腐《ふてくさ》れて問い返した。

「じゃあ、どうすればいいのさ」

「仙波屋が米を卸している店を当たってみましょう。川越で仕入れをした米ならば、江戸へ運ぶ手立ては、仕入れた店が図るはずです」

「でもその問屋が、八助を使うとは限らないじゃないか」

「いや。番頭の萬之助あたりが、豊丸を使ってくださいと言えば、何軒かに一軒かは使うのではないですか」

悔しいが、その通りだと思った。そこで二人は、諏訪町の仙波屋へ行った。

荷運びに出てきた小僧に、お波津が声掛けをした。小銭を握らせて、大西屋のように川越で商いをする店を聞いた。

「よくは分かりませんが」

それでも、四軒の屋号を挙げた。すぐにその店を廻《まわ》る。

一軒目二軒目は、船輸送はしていても、豊丸や八助は知らないと告げられた。しかし三軒目は、八助を知っていた。

「そういえば萬之助さんに、八助という船頭の船を使わないかと言われた。でもうちは、前から使っている船問屋があったからね」

使わなかったと、番頭は答えた。

しかし四軒目の店では、八助の船を使ったと手代が証言した。

「他よりも、輸送の代が安かったので」

もちろん、萬之助に勧められての話だった。

「もう八助がやつらの仲間なのは、間違いない。だから偽証をしたんだ」

お波津は自信を持って言った。

このとき、二人を見張っている深編笠《あみがさ》の主持《しゅうも》ちの侍がいた。仙波屋の小僧に問いかけしているお波津の姿を目にして、大黒屋の娘だと気がついたのである。

その後は、ずっとつけていた。お波津も銀次郎も、それには気がつかなかった。

八

寅造は、赤甘藷の畑を仲間に襲わせないという約束をした。しかし角次郎は、信じてはいなかった。必ず何かしてくると踏んでいた。

襲わせたことは棚に上げて、二人の名主を伴って交渉に出た角次郎に腹を立てているのは間違いない。

「寅造は、おれたちにどんな恨みがあるのでしょうか」

卯作が首を捻《ひね》った。

出来上がった赤甘藷を奪おうとしたのならば、得心がゆく。しかし今畑を荒らしても、嫌がらせにしかならない。そこまで嫌われる理由は何かと、卯作は尋ねていた。

「確かにそうだ」

そのことは、角次郎もおかしいと思った。流人船に乗せられたとき、すでに寅造と駒造の、自分に向ける冷ややかな眼差《まなざ》しを感じた。しかし顔を見たのはそれが初めてで、以後も悶着《もんちゃく》はなかった。

「寅造や駒造を、前から知っている者はいるか」

卯作が、小屋にいる者たちに問いかけた。

「私は、あそこのやつらに殴られたことがある」

豊次郎は言ったが、いつものように無視をされた。

「まともに赤甘藷作りをしているのが、気に入らねえんじゃないですか」

岩吉が、珍しくまともなことを口にした。

一回の粗末な食事のために、大げんかをする者は少なくない。赤甘藷ができるのは、百日以上先だ。そんな気の遠くなるほど先のことを考えて過ごしている流人など、めったにいない。その日の食を得るのが、やっとの暮らしだ。飢えて死ぬ者など珍しくない。

だから堅実に暮らしをしている者を目にしたら、妬《ねた》む気持ちを持つ者が現れたとしても、おかしくはない。

「おれを、仲間に加えてくれないか」

「畑仕事は慣れている。何でもするから」

今でも言い寄ってくる者がいる。

寅造や駒造の妬み、と考えることはできる。ただその理屈では、納得がいかなかった。まだ他にも何かあると、角次郎は考えた。

　四、五日すると、生えた茎の先に緑の葉が出てきた。その間には雨もあったから、成長を促したのかもしれない。肥は、やらないままで過ごしていた。

「おお、てえしたもんだ」

　岩吉でさえ、青葉を目にして喜びを口にした。ただ雑草も生えてきていた。

「雑草は摘み取れ」

　卯作が岩吉や豊次郎の尻《しり》を叩《たた》く。

　ふみと太吉が、一日おきくらいに様子を見に来た。太吉は畑で遊ぶ。とはいっても、畝を壊すような遊びはしなかった。大葉子相撲だけでなく、卯作とは相撲も取った。あらかたは投げ飛ばされたが、たまに卯作が負けてやる。

　太吉はそれが嬉《うれ》しいらしかった。もっともっととなる。

　そこで、思いがけないことが起こった。畝と畝の間で、太吉が体を強張《こわば》らせていた。気づいた角次郎は、太吉が見詰める先に目をやった。

　蝮《まむし》に睨《にら》まれているのだった。猛毒があるとは、幼いなりに知っている様子だった。小さな体では、嚙《か》まれると命に障る。大人でさえ、それで命を落とす。

「あっ」

ふみも気がついて、上げそうになった声を呑《の》み込んだ。

できればこのまま何事もなく、蝮がこの場から立ち去ってほしいと願った。角次郎は固唾《かたず》を呑み込んだ。いざとなったら、飛びこまなくてはならない。手にあるのは、先を尖《とが》らせた木切れだけだった。

ひどく長い時間がたったように感じたが、実はあっという間のことだった。蝮は、狙った獲物を逃すことはなかった。

太吉の足に、躍りかかった。

「ああっ」

ふみが悲鳴を上げた。角次郎は、その瞬間体を飛ばしていた。しかし蝮に飛び掛かろうとしたのは、角次郎だけではなかった。

卯作が、先に蝮に飛び掛かっていた。同じように、手には先の尖った木切れを握っているだけだった。角次郎よりも近くで、蝮の動きを見ていたようだ。

「ううっ」

卯作の体が、畑の中で転がった。蝮の姿はなく逃げたらしかったが、卯作は起き上がれない。右腕を見ると、肘《ひじ》の下に二つの噛まれた跡があり、血が流れ出ていた。

太吉の代わりに、噛まれたのだった。卯作は痛みで、顔を歪《ゆが》めていた。

「わあっ」

火がついたように、太吉は泣き声を上げた。

ふみは子どもにはかまわず、卯作のもとへ駆け寄った。そして自らの着物の袖《そで》を切って、腕の根元を縛り上げた。止血をしたのだ。

「水を。たくさん」

そう叫ぶと、傷口に口をつけた。血と毒を、絞り出そうとしていた。

「水を汲《く》んで来い」

角次郎は、驚きで棒立ちになっている岩吉と豊次郎に命じた。言われた二人は、弾《はじ》かれたように水場に駆けて行った。そこには大桶《おけ》が置いてあって、今はいっぱいになっているはずだった。

角次郎は、小屋にある桶の水を運んだ。飲料にするつもりで置いておいたものだ。

ふみは、吸い取った血と毒を吐き出す。これを何度も繰り返した。そして水が運ばれると、それで傷口を洗った。

「止血を、時々緩めて。そうじゃないと、血が回らなくなる」

「よし」

角次郎は、縛った布を緩めた。

嚙まれた腕は、腫《は》れあがって紫色に変色している。ふみは怖れることも迷うこともなく、口を近付けた。体は浴びたように血がついていた。

卯作は、激痛と闘っている。ふみは、蝮に嚙まれた者の手当てについては、経験があるらしかった。

岩吉と豊次郎が、大桶の水を運んで来た。桶の水を替えた。

「村へ行って、おとっつぁんに知らせて来て。そして薬をもらって来て」

ふみが言った。角次郎は、岩吉に行かせることにした。岩吉の方が、正しく状態を伝えられると思ったからだ。

岩吉は、噴き出す汗をぬぐうことも忘れて駆けて行った。豊次郎には、再び水を汲みに行かせた。

しばらくして、岩吉と村の者が駆けてきた。この頃には、大桶の水は真っ赤になっていた。

村人は、解毒の薬を持ってきたらしかった。新しい水で傷口を洗って、ふみが薬を塗った。持ってきた洗った布を、腕に巻いた。

できることは、し尽したことになる。気がつくと、太吉が傍で蹲《うずくま》って卯作をじっと見つめていた。声は上げないが涙が次から次に溢《あふ》れるらしく、頬がぐっしょりと濡《ぬ》れていた。

「大丈夫だ。助かるぞ」

角次郎が頭を撫《な》でてやると、わずかにこっくりをした。これからは、卯作の体力勝負となる。体を、小屋の中へ運んだ。塩水を使って、熱い湿布も行った。塩も、名主の家から運ばれた。

夕方近くになって、兼五郎が見舞いに来た。

「この人は、太吉の身代わりになってくれた」

ふみはそう伝えた。

九

ふみは名主の家には帰らず、小屋で一夜を過ごした。卯作の看病をしたのである。湿布を続け、額や首筋に浮かぶ脂汗を拭《ふ》いてやった。することは、すべて的確だと見ていた角次郎は感じた。

命懸けで我が子を助けてくれた者に、感謝する母親の姿だ。

一夜寝込んだ卯作は、明るくなった頃に目を覚ました。どうやら、命を取り留めたらしかった。

「よかった」

ふみは涙ぐんだ。その言葉に、太吉も頷《うなず》いた。もちろん角次郎も、小屋の者たちも安堵《あんど》した。母子を、家に帰らせた。ふみも疲れているはずだった。

卯作の世話は、角次郎がする。まだ放っておける状態ではなかった。岩吉と豊次郎は、稼ぎに出かけた。

塩水を使った熱い湿布は、そのまま続けた。薬も塗り替えた。紫色の腫れは引かない。熱はまだ高いままだった。

日が高く上った頃、籠《かご》を背負った村人が二人やって来た。大賀郷村の中で二、三度顔を見た覚えがあった。

「卯作の具合はどうか」

にこりともしない顔で問いかけてきた。しかし眼差《まなざ》しに敵意はなく、案じている気配があった。

「ふみさんの手当てが早かったからでしょう。命は取り留めたようで」

「そうか」

眠っている卯作の顔を見て、二人は頷き合った。そして籠に入れていた南瓜《カボチャ》やネリと呼ばれる島オクラ、明日葉《あしたば》といった野菜を出した。

「食わせてやれ」

余計なことは口にせず、それだけ言い残すと引き上げていった。村の者が向こうから食い物を分けてくれたのは、初めてだった。

「太吉を救った、お礼ですね」

様子を見ていた治兵衛が言った。声に、驚きがあった。村の子どもを蝮《まむし》から、身を挺《てい》して守った。食べ物は村人にとっても貴重なはずだが、お裾《すそ》分けとなった。

夕方になって、岩吉と豊次郎が小屋へ帰ってきた。

「今日は、船底を洗う仕事を貰《もら》った。向こうから声をかけてきて、ここの小屋の者かと聞かれた。そうだと答えたら、やらせてくれた」

干し芋をわずかばかり持ち帰った。岩吉も、一握りの粟《あわ》を持ち帰った。これも、向こうから声をかけられて、仕事にありついた。

「これまでと、違う」

岩吉が言った。小屋の者に対する村人たちの態度が、はっきりと変わったのだった。蝮の件が、村の者たちに知られた模様だ。

「村人に認められてきたんだ。卯作のお陰じゃあねえか」

治兵衛が言った。

「でもよ。帰り道、寅造のところの流人に睨《にら》まれた。襲われそうで、怖かった」

豊次郎が言った。状況がよくなれば、妬《ねた》まれる。

「寅造のところの者でなくとも、畑を荒らす者は現れるかもしれない。見張りは続けなくてはならないだろう」

「へえ」

角次郎の言葉に、豊次郎らが頷いた。

豊次郎は、流人船で運ばれた頃よりも、いく分表情が引き締まった。勘当された大店《おおだな》の次男坊という気配が、島暮らしで薄れてきた。

「しかし毎日暑い。もう六月のはずだが、何日なんだ」

岩吉が言った。暦を、忘れていた。

翌日の昼下がり、岩吉は半日の仕事を終えて戻ってきた。その日も半日の仕事をもらえたとか。

「小屋にいられるならば、夕方まで島の中を見てきたい」

八丈島は瓢簞《ひょうたん》形をしている。角次郎は一度は島の様子を見て廻《まわ》ったが、東山のある方は、まだ廻り切れないところもあった。だから機会があったら、一度は得心がゆくように見ておきたいと思っていた。

「へい。行ってきてくだせえ」

と言われて、角次郎は小屋を出た。

瓢簞形の島は、その両方に山がある。だから知らない道を歩いても、どこを歩いているか、山を見れば、おおよその見当がついた。

平地は極めて少ない。どこも緑に囲まれ、少し歩けば海だ。海鳴りと蝉の音が耳に響く。

穏やかな海は、見る限りでは美しかった。食い物に困らず、物見遊山にやって来て数日過ごすだけならば楽しいかもしれない。しかし土の質は稲作に適さず、暮らしにくい。改めて地の果てだと思う。

赤甘藷《かんしょ》が、食の中心だった。それは瓢簞形の西も東も同じだった。角次郎が育て始めた畑よりも、条件の悪いところでも赤甘藷は植えられていた。

荒れ地を畑にした場所で雑草を取っていた男に、角次郎は声をかけた。

「いつから、ここで赤甘藷を育てていますか」

「三年だね」

男は答えた。もともとここを畑にしてきたのではない。他に場所がないから、ここを拓《ひら》いたことになる。流人だと受取って、問いかけを続けた。

「するとこの島へ来たのは三年前で、すぐに畑を拓いたわけですね」

「そうだ。持ってきた種芋があるうちに、植えたんだ。ぼやぼやしていたら、食っちまうからな」

向こうもこちらが流人だと見て、話をしていた。見下す気配はなかった。

「流されてきた者でも、赤甘藷を育てる者は多いのですか」

「多くはねえさ。だいたい畑になりそうな土地は、村の者が前から使っている。荒れた土地を耕して畝にしたのが、流人の畑だ」

これは、納得のゆく話だった。

「今は、食えているわけですね」

「まあな」

少し誇らしそうな顔になって続けた。

「流人で畑を持つのはたいへんだ。江戸から食い物を持ってこられた者と、辛抱強い者、弱《よえ》ぇ者から食い物を奪える者くらいだ」

「芋をもらっても、芽が出る前に食べてしまうのですね」

「そうだ。今度島へ来たやつは、大賀郷村のやつも三根村のやつも、畑を作り始めたっていうじゃあねえか。ああ、おめえもその一人か」

　雑草を手にしていた流人は、そこで気がついた。

　三根村で畑を始めたのは、寅造に違いなかった。配下の流人に、やらせ始めたのだろうと見当がついた。顔や名は知らなくても、目立つ動きは間を置かず島中に伝わるらしかった。

「おめえも、しっかりやるがいい」

　と言われた。

　次に畑仕事をする村人に声をかけたが、知らんぷりをされた。たかられると考えたのかもしれない。さらに何人かに話しかけた。応ずる者もいれば、無視をする者もあった。

　一通り歩くと、夕暮れどきになった。西山に日が沈み始めた。角次郎は、大賀郷村の小屋へ戻ることにした。

　林や鬱蒼《うっそう》とした森を越えてゆく。森の中の道に入ると、すでに薄暗くなった。歩いていて、ふと誰かに見つめられている気持ちになった。立ち止まって周囲を見回したが、それらしい人の気配はなかった。

人など、めったに通らないかろうじて道と分かる道だ。草木に覆われかけている。足早に歩いた。

そこで背後に、足音があるのに気がついた。複数の者が駆け寄ってくる。振り返って目をやると、手に手に棍棒《こんぼう》を持った四人の流人ふうで顔に布を巻いていた。

「くたばれ」

先頭にいた者が、振り上げていた棍棒を打ち下ろしてきた。容赦なく、脳天を打ち砕く勢いだ。

角次郎はその一撃を躱《かわ》し、横に回り込んでその腕を掴《つか》んだ。それを引きながら足をかけると、男の体はもんどりを打って目の前で転がった。地響きが起こった。

動きを止めず、角次郎はその脇にいた男に躍りかかった。向こうが身構える前だ。下腹を狙って拳《こぶし》を突き込んだが、避《よ》けられた。と同時に、棍棒が音を立てて横から二の腕に向かって飛んできた。

だがこちらは素手だ。受けるわけにはいかない。後ろに下がって躱した。しかし相手の動きは止まらない。執拗《しつよう》だった。棒の先がくるりと廻って、今度は肩を狙ってきた。

角次郎は前に出ながら、相手の内懐に飛び込んだ。こちらの方が、一瞬動きが速かった。

腋《わき》の下に肩を入れて、腰を摑んで横に投げた。

相手の体は、勢いがついていた。そのまま地べたに倒れ込んだ。その腹を、蹴《け》り上げた。

そこで残りの内の一人が、打ち込んできた。この男は、前の者よりも動きが鈍かった。

手首を摑んで上に持ち上げ、肩で体を突いた。それだけで、相手の体は転がった。

「うわあっ」

残った一人は、駆け出した。棍棒を放り出して逃げたのである。他の男も、ほうほうのていで逃げ出した。身動きができない二番目に襲った男の腕を摑んで後ろに回し、捩《ね》じり上げた。

「ううっ」

男は痛みで呻《うめ》き声を上げた。そのまま、小屋まで引き連れて行った。

「これは」

岩吉と豊次郎が、小屋から飛び出してきた。

「村の外れで襲ってきた四人の内の一人だ。他は逃がしたが、引き摺《ず》ってきた」

角次郎は、顚末《てんまつ》を伝えた。岩吉が、顔の布を剝《は》ぎ取った。

「これは、寅造のところにいるやつではないですね」

岩吉が言った。豊次郎も頷《うなず》いている。東側に住む流人だと思われた。

「なぜ襲ってきた」

角次郎が、腕を捩じり上げたまま訊《き》いた。さらに力を加えていた。

「た、頼まれたんだ。芋をやるって言われたからだ」

「それは誰だ」

「知らねえ、東側のやつだ」

四人は、食い物に釣られて襲ったと告げていた。依頼をした者の歳や体つきなどを聞くと、寅造や駒造、東助ではなさそうだった。

「やらせたのは寅造たちに違いないが、警戒しやがったな。ばれねえように、他の者に頼み役をやらせやがったんだ」

岩吉は悔しがった。

「顔は覚えた。もう一度やったら、腕を使えなくするぞ」

と脅して、放免した。

「寅造がやらせたのは間違いないですね」

岩吉が言った。それは疑う余地はない。ただあの流人からは、寅造は浮かばないだろうと推量した。そう計算して、寄《よ》こしたのだ。

襲ってきた最初の脳天を狙った一撃は、殺すことを躊躇《ためら》っていなかった。寅造が、そこまで執着する理由が浮かばなかった。

「角次郎さんを狙っていますね。一人では歩かない方がよさそうです」

治兵衛が言った。

「それにしても四人を相手に、引けを取らなかったのはすごいですね」

豊次郎は感心したが、角次郎は冷や汗をかいた。一度の食事のために、力の限りを尽くしてきた。江戸のやくざ者とは、必死さが違う。そういう者を、舐《な》めてはいけないと思った。

十

仙波屋の番頭萬之助の口利きで、八助の船を使った問屋が明らかになった翌日も、お波津と銀次郎は浅草川の東側の船着場を歩いた。豊丸や八助について訊いて廻《まわ》ったのである。

「八助が次に江戸へ来る日を探そう」

「直《じか》にいろいろ問い質《ただ》したら、必ず襤褸《ぼろ》を出しますよ」

「江戸に来る日が分かったら、嶋津さまにも頼もう。きっとおとっつぁんを取り返す手掛かりがつかめるよ」

二人は意気込んだ。ただ人足たちや、かつて荷を運んだことがあるだけの問屋に訊いても、分かるとは思えなかった。

「どうしましょうか」

「荒川を下ってきたばかりの船の者に尋ねてみましょう」

「なるほど。つい最近どこかの河岸場で会って、いつ江戸へ行くかなどの話をしているかもしれませんね」

そこまではっきり分からなくても、出会ったときに船首がどちらを向いていたかだけでもはっきりすればしめたものだと思っていた。見かけた場所がどこかで、江戸に着く日の見当がつけられる。

ただ自分の提案を、銀次郎が受け入れたのは嬉《うれ》しかった。

今日も朝から、暑い一日だった。空には入道雲がどっしりと腰を据えている。

問いかけをする船着場は、三好町には限らない。遠路の荷船が着いたのを目指してそこへ行き、船頭や水手《かこ》に問いかけをした。

豊丸や八助を知っている者は、何人かに問いかけるうちには出会った。しかしこの数日で出会ったという者には、なかなか出会えなかった。

「おや」

聞き込みをしているとき、ふと誰かに見られているような気がして、お波津は周囲を見回した。そういえば昨日も、そんな気配を感じた。しかし船頭や水手に問いかけることばかりに気が向いていた。

銀次郎に話そうとした時、新たな荷船が下ってきて船着場に横付けされた。それで話さないまま、船に近づいた。

そして夕方になって、今朝平方河岸で八助と会ったという四十年配の船頭を見つけた。粗朶《そだ》や薪《まき》、茅《かや》などを積んできた船だ。

「明日にも、江戸に着くと言っていたぜ」

八助は麦の荷が届くのを待って、それを積んでから平方河岸を出るのだとか。

「どこの河岸ですか」

「浅草黒船町《くろふねちょう》の河岸だったかな」

刻限までは分からない。しかしそれだけでも聞けたのは、上出来だった。

「ならば明日は、朝から見張りましょう」

銀次郎が言った。八助を摑《つか》まえられるならば、商いはしばし横に置いてもいいという考えだ。

「嶋津さまにも、伝えておきましょう」

八助の証言を撤回させれば、角次郎を呼び寄せる大きな条件の一つになる。もちろん、善太郎にも伝えなくてはならなかった。

羽前屋での自分が関わらなくてはならない商いを済ませた善太郎は、大黒屋へ足を向けた。商いの状況を聞くだけでなく、自分が調べたことを伝え、お波津や嶋津が調べて分かったことを聞くつもりだった。

行くと、すでの嶋津は姿を見せていた。これからお波津の話を聞くところだったようだ。

まずはそれを聞いた。八助が、明日江戸へ着くという話である。

「それは上出来だった」

「いかにも。八助を捕えて自白をさせたら、状況は変わるぞ」

善太郎がねぎらって、嶋津が続けた。お波津と銀次郎は、嬉しそうな顔をした。角次郎を取り戻すために、一つ役に立てたことが嬉しいのだ。お万季も頷いている。

「明日は、おれの手先もつけよう。八助の船が着いたら、すぐに知らせてこられるようにな」

「ええ、羽前屋からは茂助《もすけ》をつけましょう」

正念場だ。茂助は柔術ができる。何かの折には役に立つだろう。江戸に着いた八助は、すぐに船着場を離れることはあり得ない。江戸からの荷を積む。ここは素早く八助を捕えようと話し合った。

次は善太郎が、内野と萬之助、熊井との関わりについて話した。

「大槻が嚙《か》んでいることが、いっそう明らかになったではないか」

「見えなかった熊井の動きが、見えてきますね」

嶋津に続いて、お万季が言った。

そして嶋津の報告となった。嶋津は渋面になって口を開いた。

「実は今日、他の用事で小伝馬町《こでんまちょう》の牢《ろう》屋敷へ行った。そこで見知りおきの鍵役《かぎやく》同心と話をしたのだが」

何を言い出すのかと、一同は固唾《かたず》を吞《の》んだ。嶋津は続けた。

「仙波屋の番頭萬之助が、訪ねて来たという。角次郎ら流罪の者が、船に乗せられる前のことだ」

「何のために、行ったのでしょう」

萬之助に、知り合いがあるとは思えなかった。

「流人の一人に、会いに来たのだ」

「流罪と決まった者は、縁者であっても面会はできなかったのでは」

だから誰も、角次郎に会うことができなかった。永代《えいたい》橋から、別れを告げたのである。

「それはそうだ。しかしな、つてを使って会う機会を得たのだ。よほど強い、力だったに違いない」

「川越藩ですね」

「そんなところだろう」

嶋津は、吐き捨てるように言った。

「まさか、おとっつぁんに会いに来たんじゃあ」

「そんなわけがなかろう」

お波津の言葉を遮ってから、口を開いた。

「相手は、相州《そうしゅう》無宿の盗人《ぬすっと》だ。呉服屋の主人を襲い七両を奪って大怪我をさせた。金のためならば、何でもする悪党だ」

遠島の理由になったのはその事件だが、ほかにもいろいろとやっている可能性があった。

南町奉行所では、半年前の事件を追っていて、寅造の名が挙がっていた。葉茶屋の番頭が殺され、金品が奪われた事件である。しかしこの件については、怪しいというだけで証拠がなかった。両替屋の件だけが、吟味にかけられたのである。

「やつらにとっては、幸いだった。葉茶屋の件が明らかになっていたら、間違いなく死罪となったところだ」

「萬之助が、なぜそのような者と」

不可解な動きだ。

「何を話したかは分からないが、その後で寅造が島へ持って行く米として二十俵が届けられた。あの者には、そのようなことをする縁者などいなかった」

「では誰が」

「調べてみたが、板橋《いたばし》宿の前田《まえだ》屋《や》という米問屋の主人だった。それで板橋宿へ行ってみたが、そんな店はなかった」

「贈ったのは、萬之助ですね。ありもしない名を使って」

「それ以外は、考えられぬ」

「いったい何のために、そんなことをしたのでしょう」

お波津が、怯《おび》えた声を出した。

「おそらく、島で何かをさせる代償ではないか」

善太郎は言ってしまってから、どきりとした。お万季やお波津の顔色が変わっていた。

誰も口には出さないが、何を依頼したか察したのである。それなりのことをしなければ、二十俵の米などもらえない。流人にとっては、命の綱だ。

「うちの旦那《だんな》さんに限って、そんなやつに何かをされるなんて、ありませんよ」

銀次郎が言った。江戸にいては伝えることもできない。どうにもならないことだから、虞《おそれ》を打ち消すつもりで言ったようだ。しかし一同の顔は、不安に包まれた。

「命を狙え。うまくいったら、江戸へ戻してやる」

それくらいのことは、口にしたのではないか。善太郎は考えた。

すぐにでも角次郎を呼び戻すつもりでいるが、まだ多少のときがかかる。それまで向こうで何が起こるか分からない。

島へ運ぶ荷の中に、善太郎は芽が出始めた赤甘藷《かんしょ》を百ばかり加えた。五月女《さおとめ》家に残されていた父の農書に、荒地でも育てられる作物として赤甘藷の記述があった。角次郎も当然読んでいる農書だから、その芽を生かすのではないかと思った。

何があっても、生き残ってほしいとの願いがこもっていた。

角次郎のことだから、容易《たやす》くは寅造などの毒牙《どくが》にはかからないだろう。ただ場所が八丈島だ。息苦しい気持ちになった。

十一

翌朝、お波津と銀次郎、それに羽前屋の茂助と小僧、嶋津の手先が、それぞれ浅草黒船町の河岸場に身を置いた。固まらず居場所を変えて、目立たないようにした。茂助は豊丸が竪《たて》川河岸にある大黒屋の倉庫の前に百俵を運んで来たとき、八助の顔を見ている。確認ができた。

暑いから、皆が菅笠《すげがさ》を被《かぶ》っている。それでも、顔は分かった。

お波津は目を凝らして、着岸する荷船を見詰めた。まずは船首に記された船の名に目をやる。荒川を下ってきた荷船はあるが、都合よく豊丸はやって来ない。綾瀬《あやせ》川や江戸川を下ってきた荷船も、接岸をしてくる。

接岸をした船は荷下ろしをして、新たな荷を積む。同じ河岸の場合もあるが、そうでない場合の方が多い。だから船の確認は、接岸したときにする。もし豊丸だった場合は、八助の顔を確かめた上で、嶋津と善太郎に知らせを走らせる。

着岸して荷下ろしをし、船着場を出るのには、早くても一刻《いっとき》半はかかる。嶋津や善太郎を呼ぶのには充分な時間があると考えた。

一艘《そう》の船が出ると、間を置かずに次の船が入ってくる。見渡す限りのどこの船着場も同様だった。荷運び人足の掛け声が、夏の空にこだましてゆく。荷船だけでなく、筏《いかだ》もやって来た。

「次から次へと、ずいぶんたくさんの船が荷下ろしをしてゆくんだねえ」

分かっているつもりだったが、改めて実際を目の当りにしてお波津は声を上げた。

「ええ、江戸にはとてつもない数の人が住んでいます。しかもその人たちは、職人のように加工をする人はいても、始めから作る人はいません。その人たちの胃袋を満たし、暮らしの用を足す品々は、すべてどこかから運ばれて来なくてはなりません」

「なるほど」

「しかもどんな品でも、馬や荷車で運ぶのでは、手間がかかり運べる量も限られます。そこへ行くと船は、大量に運ぶことができます。水運は、ますます盛んになるでしょうね」

銀次郎は言った。偉そうな物言いだが、その通りだと感じる。

じりじりしながら、現れる荷船を検《あらた》めた。じっとしていても、汗が噴き出してくる。吹き抜ける川風も、涼しくは感じなかった。

「まあ、待ちましょう。豊丸が今日着くのは、確かですから」

銀次郎の方が、落ち着いていた。やや離れた場所の小屋の軒下にいる茂助は、じっとしていて動かない。辛抱強い様子だ。

強い夏の日は、なかなか傾かない。しかしそれでも、西空の彼方《かなた》に徐々に傾き始めた。

「来ませんね」

さすがに銀次郎も、苛立《いらだ》ち始めた様子だった。

善太郎は、夕刻になる前に店の用事を済ませた。黒船町からは何も言ってこない。

「見逃したのではないか」

と案じられた。そこで浅草黒船町の河岸場へ行ってみることにした。

善太郎が河岸場に着く頃には、朱色に染まった夕日は、西空の低いあたりに移っている。そんな刻限になっても、いくつかの船着場には、着岸した荷船から荷下ろしが行われていた。

黒船町の河岸場にも荷船は停まっていたが、豊丸ではなかった。すでに荷下ろしは済んでいるが、動く気配はなかった。

様子を窺《うかが》うお波津や銀次郎、茂助らの姿が見えた。

今日船が江戸へ着くといっても、日暮れてから着く場合もあるだろうし、何かの事情で明日に延びることもないではないだろう。そう考えた善太郎は、川上にある船着場へ足を向けた。何かの意図があったわけではなく、軽い気持ちだった。

荷下ろしをしている船着場もあるが、すでに荷船は繋《つな》がれていても、人のいない船着場もあった。

暮れなずむ空のもとで、浅草寺の伽藍《がらん》が朱色に染まっている。善太郎は、大川《おおかわ》橋の手前、材木町《ざいもくちょう》の船着場で足を止めた。

見覚えのある七十石の荷船が停まっていた。

「おおっ」

船首にある船名に目をやって声を上げた。豊丸とあったからだ。

すでに荷下ろしが済んだ状態で係留されていた。水手《かこ》たちが、甲板の掃除をしている。

そこで船着場の近くで心太《ところてん》を商う屋台の親仁《おやじ》に、豊丸について問いかけた。

「あの船ならば、一刻半も前に着いていましたよ」

「そうか」

黒船町ではなく、材木町の船着場に接岸した理由は分からない。しかし豊丸であるのは明らかだった。

そこで善太郎は、船に寄って掃除をしている水手に声をかけた。

「船頭の八助さんに会えますか」

現れたら、有無を言わさず身柄を拘束するつもりだった。善太郎が川口河岸で見聞きしたことや、お波津らが調べた事実がある。

「いや。荷下ろしが済んだ半刻くらい前に、出かけたぜ」

あっさり言われた。

「どこへ行ったのでしょう」

「さあ」

慌てた。船を置いて逃げるとは考えられないが、行方が気になった。萬之助や杉沼、内野あたりが呼び出したのではないかと思うからだ。

「なぜ黒船町ではなく、ここに船をつけたのですか」

これは聞いておかなくてはならない。水手に小銭を与えた。

「今戸《いまど》橋を過ぎたあたりで、迎えの舟が来た。それで材木町の船着場につけるように言われたんだ」

「相手は、何者ですか」

「おれたちは分からねえ。深編笠を被った侍だった」

「荷運びが済んで、暮れ六つまでには戻ると言って出かけたんだ。あのお侍に会いに行ったんじゃねえかと、おれたちは話していた」

親し気に話していたらしい。

「船着場が変わったわけを、聞きましたか」

「そういうことは、よくあるからね。気にはしねえさ」

待ち伏せていると、知っていたかのようにも受取れる。しかし八助は、お波津らが船着場にいることは知らなかったはずだ。

「しかし……」

お波津らが船着場にいると気づいた者がいたら、そして八助を会わせたくないと思ったら、場所を変えさせたかもしれなかった。

小舟に乗っていた深編笠の侍は、杉沼か内野かもしれない。そうなるとお波津や銀次郎が、八助について聞き込みをしていたことに気付かれた可能性があった。

ともあれ黒船町にいても、八助は現れない。善太郎は、お波津らに事情を伝えた。

「ええっ、どうして」

銀次郎が、不満と疑問の声を上げた。船着場で過ごした暑い一日が、無駄になったと知ったからだろう。

「おかしいと思いました」

茂助は言った。お波津は、何も言わなかった。ただ何か考えている様子だった。

一同は、材木町の船着場へ移った。八助の帰りを、待つことにしたのである。

西空の低いところにあった夕日が、ようやく沈んだ。そして暮れ六つの鐘が鳴った。そのまま善太郎らは船着場を見張ったが、夜が更けても、八助は姿を見せなかった。

江戸へ着いたと同時に、消えてしまったのである。

第三話　老流人の血

一

明るいうちは、船乗りと荷運び人足、商家の若い者で賑《にぎ》わった船着場も、日が落ちてしばらくするとしんとして人の気配もなくなった。

浅草寺《せんそうじ》の門前界隈《かいわい》はまだ賑わっているらしく、その喧騒《けんそう》は伝わってきた。

酔った船乗りらしい男が、千鳥足で歩いてくる。しかしそれは八助《やすけ》ではなかった。

刻限はすでに、五つになろうとしていた。

「おかしいな。何かあったのではないか」

胸騒ぎのする善太郎《ぜんたろう》は、行方の知れなくなった八助を捜してみることにした。善太郎も、八助の顔は知っている。ただ現れないとは限らないから、お波津《はつ》らにはそのまま見張りをさせた。

深編笠《あみがさ》の侍と一緒だと考えているが、違うかもしれない。萬之《まんの》助《すけ》や倉田屋《くらたや》ということも、ないとはいえなかった。

まずは材木町《ざいもくちょう》の辻《つじ》番小屋へ行く。中年の番人に問いかけた。

「船頭ふうと、主持《しゅうも》ちの侍で深編笠を被《かぶ》った侍が夕暮れ前に歩いてゆくのを見ませんでしたか」

番人が八助の顔を知っているとは思えないから、こんな問いかけになった。

「通りましたよ。そういう組み合わせは珍しいから覚えています。田原町《たわらまち》の方へ歩いていきました」

断定はできないが、見た目の歳を訊《き》くと八助はぴったりだった。そのまま急ぎ足で、田原町の木戸番小屋まで行った。

「さあ。そういう二人連れが、通ったかねえ」

今度は、覚えていなかった。そこで、こわ飯と稲荷寿司《いなりずし》、唐辛子を売る屋台店の親仁に尋ねた。このあたりは、酒食をさせる店が明かりを灯《とも》している。

「さあ。見張っているわけではないですからね」

とやられた。

そこで八助が出入りをしていた女郎屋が、浅草《あさくさ》柳下にあることを思い出した。藤《ふじ》車《ぐるま》なる見世の、あやめという女である。

夜だというのに、ここには田原町以上に煌々《こうこう》と明かりが灯されていた。張見世にいる女が、甲高い声で客引きをしていた。一軒一軒看板を見ながら、藤車を捜し出した。界隈では中どころの見世だった。格子の内側から客を引く女に近寄った。あやめはいるかと聞くと、数人の客引きをしている女の中にいた。

「あやめちゃん、お客さんだよ」

遊ぶつもりはないので、善太郎はまず五匁銀を与えた。そして問いかけた。

「八助は、今日来たか」

「いえ」

「これから来るか」

「それが分かっていたら、あたしはここにいませんよ」

五匁銀が無駄になった。

風雷神門前の、まだ商いをしている居酒屋や煮売り酒屋を覗《のぞ》いたが、それらしい姿は見つけられなかった。

町木戸の閉まる四つになっても、八助は現れなかった。そこで一同は、材木町の旅籠《はたご》に泊まった。嶋津《しまづ》の手先だけ帰らせた。

翌朝、お波津は、銀次郎《ぎんじろう》と茂助《もすけ》の三人で、材木町の船着場へ行った。善太郎は商いがあるので、店へ行った。

豊丸《ゆたかまる》は停泊していたが、水手《かこ》に訊くと八助はまだ戻っていないという。

「船の外に泊まるときは、必ずそう言うんですけどね」

水手は首を傾げた。こういうことはまだ一度もないと、水手は不安そうに首を傾げた。

待つしかないが、なぜ急に侍が現れ船着場を変えさせたのか、そこに納得がいかなかった。黒船町《くろふねちょう》の船着場には、豊丸を停めておける場所はあった。にもかかわらず、接岸先を変えさせたのである。

「見張っていたことに、気付かれたんじゃあないですかね」

銀次郎に言われて、お波津はどきっとした。ないとはいえないと、察したからだ。

昨日と一昨日は何度か、何者かに見られていると感じた。しかし気が逸《はや》って、荷船を検《あらた》めることばかりに頭がいっていた。だから誰にも告げず、対応もしなかった。

そのとき、何者かに気付かれたのだと思い至った。

「だとしたら、自分の落ち度ではないか……」

お波津は胸の内で呟《つぶや》いた。衝撃で、すぐには言葉にならなかった。

そうこうするうちに、嶋津の手先が駆けつけてきた。

「神田《かんだ》川に架かる新《あたら》シ橋下の杭《くい》に、死体が引っ掛かりやした。日焼けした男で、八助と同じくらいの年頃です」

「ええっ」

心の臓がばくばくした。

お波津だけでなく、銀次郎も茂助も、いきなりの話に仰天していた。ともあれ、現場に急いだ。

荒い息を吐きながら現場に着くと、すでに死体は土手に引き上げられていた。嶋津の他に、検視役らしい同心の姿もあった。さらにそこには、笹江《ささえ》の姿まであった。

「これは、八助に間違いありません」

茂助が証言した。豊丸から水手も呼んで、確認をした。

「口塞《くちふさ》ぎをしたわけだな」

笹江が言った。

「余計なことを喋《しゃべ》られては、困るからだ」

嶋津が続けた。肩から胸へばっさりと、一刀のもとに斬られていた。侍が斬ったのは間違いない。

「大事な証人を殺《や》られたな」

苦々しい顔で、笹江は呟いた。

お波津は体を震わせた。何者かに見られていると感じながら、何もしなかった。その不手際を、自分で責めたのである。

「まだ夜が明けきらない頃、魚河岸《うおがし》帰りの板前が橋を通りかかって死体を発見した。近所の者に訊くと、昨日の夕刻には死体はなかったそうだ」

「昨日の夜の、出来事ですね」

掠《かす》れた声で、銀次郎は言った。手先の者を使って、犯行の目撃者がいなかったかどうか探させているとか。

「どこで斬られたのでしょうか」

茂助が問いかけた。

「橋袂《たもと》の土手に、血の跡があった。そこでやられて、川に落とされたのだろう」

嶋津が、血痕《けっこん》のある場へ案内した。濃い血のにおいが、鼻を衝《つ》いてきた。

「どの道を通ったかは分からぬが、材木町とここまでの間には距離がある。誰かが見ているのではないか」

笹江が一同を見回した。

「せっかく八助を捕える寸前までいったのに、悔しいですね」

「まあそれくらい、喋られては困ることがあったのだろう」

茂助の言葉を、嶋津が返した。

せっかく角次郎《かくじろう》を江戸《えど》へ取り戻す、手掛かりが得られた。けれどもそれは、八助斬殺《ざんさつ》という形で失われてしまった。

「私がもっとしっかりしていたら」

お波津は、胸の内で呟いた。心の臓が痛い。涙も出なかった。

二

赤甘藷《かんしょ》は、順調に育っている。しっかり根付いて、蔓《つる》が伸び始めていた。余分な葉を取るのが、これからの仕事になる。

角次郎は胸を撫《な》で下ろした。

蝮《まむし》に嚙《か》まれた卯作《うさく》も、ふみがくれた薬のせいか、日ごとによくなった。腫《は》れもだいぶ引いて、すでに起き上がって歩くこともできるようになった。

ふみは太吉《たきち》を連れて、毎日のように様子を見に来た。太吉は、自分を守るために卯作が噛まれたと分かっているから、子ども心にも容態が気になったようだ。起き上がって、大葉子相撲ができるようになった。それで安堵《あんど》したらしく、見る見る明るくなった。ふみは赤甘藷畑に入って、育ち具合を検める。

「これならば、秋が楽しみです」

と言った。

卯作とふみが楽しそうに話すのを、豊次郎《とよじろう》は羨《うらや》ましそうに見つめる。

「まだ種芋を、名主のところに預けている。あれもすでに芽を出していた」

角次郎が言った。すでに苗にするのに適した頃合いだ。

「それも畑になる土地を探して植えましょう」

卯作が応じると、岩吉《いわきち》や豊次郎も頷《うなず》いた。流人が種芋を手に入れ育てるのは、なかなか難しい。あるうちに生かしておこうという意見だ。

「ただそのためには、畑地になる土地を探さなくてはならないぞ」

小屋から離れた場所ではいけない。再び襲われる虞があった。ただ卯作の農作業の巧みさと、角次郎の農書から得た知識は大きい。種芋もあるのだから、それらを役立てない手はないとの考えが皆にある。

ただ、適当な場所がなかった。

「ここはどうでしょう」

卯作が言ったのは今の畑からはやや離れているが、遠くはなかった。広さは半分ほどで、ここも傾斜地になっていた。石ころもあって、草木がまばらに生えている。前にもどうかと考えた。

他に土地があれば使わない。

「やってみませんか」

と言ったのは、岩吉だった。豊次郎が頷いた。岩吉は、前ほどは豊次郎に対して乱暴なことをしなくなった。

卯作には無理をさせず、角次郎と岩吉、豊次郎の三人で草むしりをした。邪魔な石もどかす。石をどかすのが、手間だった。

「小さな石かと思ったら、大きなやつが埋まっていた」

岩吉がぼやいた。

「ここでも収穫ができるようになったら、楽になりますね」

豊次郎が、手の甲で汗を拭《ふ》きながら言った。

更地にするのに、二日かかった。並行して兼五郎《かねごろう》のところから種芋を受取ってきて、小屋で苗作りをした。残っていた内の半分で、使わないものはそのままにした。

　苗になるまでに、数日かかる。畝を拵《こしら》えなくてはならないが、四人はいらない。岩吉と豊次郎は、仕事に出した。

　苗は四日目あたりから、根を出し始めた。畝も、そのときにはできていた。

　仕事に出た岩吉は、蝮の件以来、仕事がもらいやすくなったと言った。稗《ひえ》なり干し芋なりを受取ってくる。豊次郎も、仕事はあるらしい。ただ昨日今日あたり、それまでとは様子が違った。屈託があるといった顔だが、気にする者はいなかった。

　翌日は、朝から本降りの雨となった。こうなると、一同は小屋にいるしかない。

「赤甘藷は、大丈夫か」

　昼近くになって、岩吉が言った。気になったので、下帯一つになって様子を見に行く。雨で、体を洗う気持ちもあった。

　畑は無事だった。砂交じりだから、水を吸い込んでゆく。ただ数か所、水の溜《た》まりやすい場所があって、水はけの工夫をした。

　ついでに、体も洗う。湯屋などないから、幸いだった。それぞれが勝手にやって、小屋へ戻る。治兵衛《じへえ》は、夜に気を配るので、昼間は寝ていることが少なくない。島に来たときよりも痩《や》せた。食も細い。病もよいとはいえない状況だった。

角次郎が小屋へ戻ったとき、まだ豊次郎の姿がなかった。一番初めに戻った気がしたが、自分の体をこするのでかまわなかった。そして間もなく、姿を見せた。

夕方近くになって、ようやく雨が止んだ。晩飯の支度を始める。すると卯作が、種芋の入った頭陀《ずだ》袋を手にして声を上げた。

「おかしいぞ」

中を検《あらた》めると、入っていたのは芋ではなく石ころだった。

「どういうことだ」

まるで手妻を見るようだった。

「この中の誰かが、持ち出したのだな」

卯作が言った。

「外から、あいつらの誰かが忍び込んだ、ということもあるぞ」

豊次郎が、やや震える声で応じた。寅造《とらぞう》らではないかと告げている。

四人は畑に出ていた。治兵衛は眠っていた。忍び込むのは不可能ではない。角次郎としては、この小屋の者ではないことを祈った。

「誰かが、入ってきたかもしれない。でもおれは、気がつかなかった」

目を覚ました治兵衛は伝えた。

重い沈黙があったが、それを破るように岩吉が口を開いた。

「豊次郎、おめえじゃねえか。おめえは誰よりも先に、小屋へ戻った。そしてまた出て、今度は最後に帰ってきた」

冷ややかな言い方だ。向ける目が、確信を持っている。

「な、何をぬかしやがる。そんなことで、お、おれがやったことになるのか」

豊次郎は否定したが、気持ちが乱れているのは、見ていて分かった。

「おめえは昨日、東助《とうすけ》と話をしていた。唆《そそのか》されたんじゃあねえか」

「ふざけるな。奪ったのは、お、おめえの方だ。おめえだって、駒造《こまぞう》と話していたことがある。おれは見たんだ」

「何だと」

膂力《りょりょく》もないし、万事に気弱な豊次郎だが、ここは引かなかった。岩吉が胸倉を摑《つか》んだところで、角次郎が止めた。

「おれじゃあねえ」

どちらも認めなかった。

三

新シ橋周辺での聞き込みを行ったが、八助殺しの現場や不審者の目撃をした者は現れなかった。夜になれば、人通りが少なくなる場所である。

そこで嶋津と笹江の配下は、遺体をいったん自身番に移して、手先には材木町から新シ橋までの足取りを洗わせることにした。

八助を失った豊丸は、もう出航ができない。嶋津と笹江は、水手たちから聞き込みを行った。お波津はその傍で、銀次郎と共にやり取りを聞いた。

「仙波《せんば》屋《や》や倉田屋という屋号、それに吉根《よしね》というお旗本の苗字《みょうじ》は、八助さんの口から聞いていました。割のいい仕事をもらえるってえことで」

「どのような仕事か、なぜもらえるのか。その辺りは、何と言っていたのか」

「それが、細かいことは。皆、八助さんがやっていたので。おれたちは、船を操っただけです。なあ」

一番年嵩《としかさ》の水手《かこ》が言うと、他の者たちは頷いた。

「でも、もうじき、大きな船に買い替えるというような話は聞きました」

「そうだな。おれたちの手間賃も、ちっと多くなった」

八助の実入りが増えていたのは、明らかだ。

「でもよ。殺されるほどの何かに関わっていたとは、驚きだな」

これが、水手たちの本音らしかった。

「八助さんが変わったのは、吉根家の百俵があった後あたりからだな」

吉根家の百俵については、まだ記憶に新しい。それと繋《つな》げた水手もいた。

「侍との関わりは、それまでもあったのか」

嶋津が、問いかけを続ける。

「あったけど、一緒に酒を飲むようなことは、前にはなかったです」

「吉根家の一件があった後だな」

笹江が念押しをした。

「へい。浅草寺門前の常葉《とこわ》屋という小料理屋で飲んでいるのを見ました」

八助の江戸での知り合いについても訊《き》いた。挙がった名は、嶋津が紙に書き残した。尋ねるべきことは、すべて聞いた気がした。

「遺体はどうする」

八助に妻子はない。

「平方《ひらかた》河岸に、兄さんがいます。許されるならば、そこへ運びます」

夏は遺体が腐りやすい。運ぶならば、急がなくてはならない。水手全員の名と住まいを伝えさせたうえで、遺体を運ばせることにした。

お波津と銀次郎は、嶋津や笹江とは別れた。ただそれで大黒屋《だいこくや》へ帰る気にはなれなかった。

「豊丸の水手たちから聞いたところは、笹江さまや嶋津さまがお調べになるのでしょうね」

そこへ自分がしゃしゃり出たら、邪魔になるだろうと思いながらお波津は銀次郎に言った。気持ちは塞《ふさ》いでいる。

ときが経っても、自分を責める気持ちは少しも治まらなかった。

「八助を斬ったのは、大槻《おおつき》家の内野《うちの》か、吉根家の杉沼《すぎぬま》のどちらかに違いありません」

「そりゃあそうだよ」

銀次郎の言葉に、お波津は頷《うなず》いた。確証はなくても、それ以外は考えられなかった。

「だったら、二人が昨日の夕方からどこにいたか、調べてみましょう」

屋敷にいたことがはっきりしたら、やっていなかったことになる。

「そうだね」

やれることが見えて、お波津はその気になった。まず薬研堀《やげんぼり》に近い吉根屋敷へ行った。そこへは嶋津が前に来ていて、場所については聞いていた。

屋敷へ行って訊くわけにはいかないので、辻《つじ》番小屋へ行った。六十歳過ぎとおぼしい番人が、居眠りをしていた。

「昨日の夕刻から後、吉根家の杉沼様は、屋敷から出ていたでしょうか」

小銭を与えて、お波津が番人に問いかけた。

「そうだな。そういえば九つ過ぎくらいに、屋敷を出たのは見た。だが帰ってきたのは、見ていないな」

「外出はしたが、夜中まで戻らなかったわけですね」

「そうではない。戻ってきた姿を、見なかったということだ」

居眠りをしていたのではないかと言いたかったが、その言葉は呑《の》み込んだ。これでは屋敷に問い合わせて、「いた」と言われたらおしまいだ。

近辺の辻番小屋でも訊いたが、要領を得なかった。

仕方がないので、吉根家から中間《ちゅうげん》が出てくるのを待った。一刻《いっとき》以上待って、やっと二十歳前後の中間が出てきた。

「少しばかり、お尋ねいたします」

お波津が小銭を与えて、下手《したて》に出た口調で問いかけた。

「そういえば昨日、杉沼様は出かけていたな。しかしいつ帰ったかは知らねえ。おれたちに伝えてくるわけじゃあないからな」

ただ翌朝にはいたとか。

他に訊きようがないので、大槻の屋敷がある赤坂田町《たまち》へ足を向けた。ここへも、善太郎は来ていた。

お波津と銀次郎は町木戸の番人や近所の商家で、内野の出入りについて聞き込みをした。しかし内野の出かける姿を目にした者はいたが、帰ってきた姿を見た者はいなかった。

「どちらとも、絞ることができなかった」

すでに夕暮れどき。お波津は肩を落とした。建物と建物の間の暗がりで、二人は大槻の屋敷に目をやっていた。

「仕方がないさ。向こうだって、気付かれないようにやったのだろうし」

銀次郎が言った。慰めてくれているらしい。

「うるさいねえ。慰められたって、八助は生き返っちゃあこないよ」

ついやけになって、当たってしまった。困った顔をした銀次郎は、それでも口を開いた。

「お波津さんは、黒船町の河岸場で聞き込みをして、それで向こうに気づかれたと思っているのだろ。それで自分のことを、責めている」

図星だったから驚いた。気持ちが見透かされている。銀次郎は続けた。

「そうならば、私も同じだ。あのとき、何度か、誰かに見られているという気がした。でも、誰にも言わなかった」

「………」

「今さら言ってもどうにもならないけど、あのときは精いっぱいだった。八助が殺されるなんて、考えもしなかった」

言われてみれば、そうだと思った。そして銀次郎も、同じようなことで自分を責めていたのだと気がついた。

すると急に、胸が波打った。心の臓がずきりと痛い。そしてこれまで出なかった涙が、溢《あふ》れ出てきた。思わず近づいて、銀次郎の胸に顔を埋《うず》めた。

お波津は自分のしくじりについて、ここで初めて泣くことができた。

銀次郎は、背を撫《な》でるわけでもなく、何を言うわけでもなく立ち尽くしていた。

泣き止むのを、待ってくれたのだった。

さんざん泣いて胸から顔を離したとき、お波津は少しだけ気持ちが晴れた。

四

残っていた種芋のすべてが奪われた。江戸ならばともかく、八丈島《はちじょうじま》では「仕方がない」では済まない。新しい畑に苗が根付いたら、さらに他の場所へ畑を拓《ひら》こうという気持ちが角次郎にはあった。

奪われた状況を考えると、三つのことが考えられた。一つは、雨の畑仕事の間に、卯作か岩吉、豊次郎の誰かが治兵衛が寝ている間に小屋に忍び込んで、どこかへ運び出した。時間を考えれば遠くへは持っていけないだろう。

卯作はしないと思うが、例外としては考えない。

二つ目は、小屋から持ち出した後、誰かに渡した。これだと、奪い返すことはできない。そしてもう一つは、小屋の者ではない何者かが忍び込んで持ち去った。というものである。

「小屋の周辺を捜そう」

　誰かを探る前に、種芋を取り返すことを考えた。

「そうですね」

　卯作ら一同は、頷いた。奪った者以外は、自分の暮らしにも関わると思うから、必死だ。このときには雨は止んでいた。手分けして、小屋の周辺を捜すことにした。

「滑り落ちぬように気をつけろ」

　角次郎が言った。夏草が茂って、危険な傾斜地もある。ただ奪った芋の隠し場所としては最適だから、そこも念入りに調べなくてはならない。

　濡《ぬ》れた草木の繁みを手で分けながら捜す。葉が積み重なっているところもある。一枚一枚はがして検《あらた》めた。なかなか見つからない。

　しばらくして、岩吉が角次郎の傍へやって来た。そして耳打ちをした。

「種芋は、あの辺にありますぜ」

　道に近い叢《くさむら》を指差した。まだそこまでは、誰も調べに行っていなかった。

「なぜそう思うのか」

　おまえが置いたから分かるのか、とは言わない。

「おれは、豊次郎がやったと踏んでいる。あいつは、あの場所へは近づかねえ。でもちらちらと目をやる。おれはずっと、あいつの目の動きを見ていた」

「…………」

「種芋を隠すのは、あいつしかいねえ。あいつは明日になって、誰もいなくなったところで、寅造のところへ持って行くんだ」

「豊次郎は、寅造の仲間に入りたいのか」

それには、納得がいかない。

「あいつは、脅されているんだ。昨日だって、様子が変だった」

寅造は子分が畑荒らしをして悶着《もんちゃく》になったとき以来、こちらを恨んでいると感じた。四人がかりで襲われ、命を狙われた。豊次郎を使って、内輪もめを起こさせようと企《たくら》んだとしても、不思議ではなかった。

そう言われれば角次郎も、豊次郎の様子が変だとは思っていた。

しかしその場所に赤甘藷《かんしょ》の種芋があったとして、岩吉が置いた可能性もあった。岩吉こそ寅造の手先になって、豊次郎のせいにすることで悶着を起こさせる手がないわけではなかった。

ともあれ、少し様子を見ることにした。

角次郎は、豊次郎の動きに目をやる。草木を分けて、奪われた種芋を捜す作業はしている。しかし卯作のように本気で捜してはいない。そして岩吉が指差しをした叢にちらちらと目をやった。

　岩吉の言葉が、単なる出まかせではないと角次郎は感じた。豊次郎に近づいた。

「あの場所が気になるようだな」

　叢を指差して言った。

「そ、それは」

　驚愕《きょうがく》の表情になって、体を震わせた。卯作が傍へ寄ってきた。岩吉は叢へ行って、濡れた草を分けた。そして藁筵《わらむしろ》に包まれた、ひと固まりを取りだした。

　持ってきて広げると、奪われた芽の出た赤甘藷だった。

「お、おれは、知らねえ」

「知らねえで済むか。おれのせいにしやがって」

　岩吉は怒りをそのままにぶつけた。

「ち、違う」

「ならばどうして、あの場所を知っていた。おれたちは、ずうっとおめえの目の動きを見ていたんだ」

　ここまで告げられると、言い訳はきかないと感じたらしかった。

「わあっ」

豊次郎は、その場から逃げ出した。種芋を奪うなど、八丈島では重罪だ。裏切り者でもあるわけだから、殺されるとでも考えたのかもしれない。

しかし道は、雨の後の泥濘《ぬかるみ》になっていた。慌ててもいたのだろう、豊次郎は滑って転んだ。起き上がろうとしたが、すぐには立ち上がれない。

「おまえには、逃げてゆくところなどどこにもないぞ」

角次郎はそう言って、体を押さえつけた。そして続けた。

「種芋を奪えと命じた者は、しくじったおまえなど、仲間には加えない。かえってとんでもないことをされるだろう」

「わあっ」

豊次郎は、子どものように体を震わせて泣いた。しばらくは、歯の根も合わない。待って治まったところで問い質《ただ》した。

「駒造と東助に脅されたんだ。種芋を持ってくれば、辛《つら》い仕事はしなくて済むようにしてやるって」

「甘い言葉に乗ったのか」

岩吉が吐き捨てるように言った。

「やらなければ、いつか必ず簀巻《すま》きにして海に投げ込んでやると脅されたんだ」

半泣きの状態で、助けを求めるような言い方に聞こえた。寅造らは、こちらの一番弱いところを突いてきた。

「おめえは裏切り者だ。おれたちが簀巻きにして海に投げ込んでやる」

岩吉が言った。本気らしかった。

「まあ、まて」

角次郎は止めた。簀巻きはともかく、追い払うことはできた。しかし追い払えば、場合によっては殺されるかもしれないし、そうでなくても食べていけなくなる。豊次郎は、一人では生きていけない者だ。命じた者の白状をしていた。名主に伝える手もあった。置いておけば、何かの役に立つかもしれない。

二、三日、様子を見ることにした。

五

利根《とね》川流域の村々を歩いている直吉《なおきち》から、状況を知らせる文が大黒屋へ届いた。

善太郎はお万季《まき》から手渡された文を、食い入るように読んだ。

「やはり仙波屋や倉田屋の動きは、早かったですね」

読み終えたところで、善太郎は言った。

「抜かりのない、やつらです」

憎しみの声で、お万季が返した。

文によると、取り引きのある各村の名主や土地の地回り米問屋は、大黒屋と角次郎の状況をすでに知っていた。仙波屋の二番番頭や倉田屋の番頭が、大黒屋及び羽《う》前屋《ぜんや》の仕入れ先の村々を廻《まわ》って、角次郎を悪者にした形で噂を広げていた。ある程度の予想はしていたが、ほとんど漏らさず廻っていたのには驚いたとあった。

「こちらの仕入れ先を、調べていたわけですね」

「ええ。吉根家の百俵の前から、狙っていたのかもしれません」

地道に調べなければ、仕入れ先の村など分からない。米を運んだ荷船の船頭や水《か》手《こ》、卸先の小売りなどから聞き込んだに違いない。店では、仕入れ先の村などは、問われれば雑談の一つとして話していた。

ただ各村と大黒屋は、長い付き合いがあり、確かな商いをしてきた。だから直吉の説明は、素直に聞いてもらえたとか。しかし廻るのが遅ければ、どうなったか分からないと記されていた。

もちろん、仕入れを断られた村もあった。仙波屋に取られたのである。

「羽前屋の、江戸での商いはどうですか」

お万季は気になるようだ。

大黒屋では嘉助《かすけ》が中心になって回っているが、やはり卸先を奪われる場面はある。一度足を運んで事情を話し大丈夫だと思っていたところでも、後から断りを入れてくる店があった。

「伊助《いすけ》や茂助が回っています。しかしいろいろ悪意のある噂が流されています。大黒屋がした横流しは、実は羽前屋も仲間だったという話です」

「父上を江戸へ呼び戻すまでは、どうしても守りの商いになりますね」

善太郎は二つの店を差配するわけだから、役割は大きい。札差《ふださし》羽黒屋《はぐろや》もある。

「江戸に着いてから斬られるまでの八助の足取りは、明らかになったのでしょうか」

「嶋津様と笹江様が洗っていますが、よほど慎重にやったらしく摑《つか》めていません」

歯痒《はがゆ》いが、どうにもならなかった。

その頃、お波津は仙台堀《せんだいぼり》河岸にある羽前屋へ足を向けていた。

「いらっしゃいませ」

店先にいた手代の庄太《しょうた》と小僧の参吉《さんきち》が挨拶《あいさつ》をした。二人は店の小型の荷船で、顧客のもとへ米俵の配達に行くところだった。

「どこへ行くの」

「日本橋堀留《にほんばしほりどめ》川です」

商い先は、本所《ほんじょ》や深川《ふかがわ》だけではなくなっている。

お波津は、お稲《いね》を訪ねたのである。お咲《さき》が、お珠《たま》の子守りをしていた。子守唄《うた》を歌う姿を目にすると、日々の暮らしに慣れてきたように思われた。

「あの子には、読み書きと算盤《そろばん》を教えているのよ」

お稲は言った。お波津はいつも自分のことで精いっぱいだが、お稲は違う。周りの者に気配りをする。

いつの間にか大人になった。自分はこの先どうなるのだろうかと、ふと思う。

「今日は、何があったの」

茶を淹《い》れて、饅頭《まんじゅう》でもてなしてくれたところで、お稲は問いかけてきた。お波津は聞いてもらいたい話があって来たのだが、向こうはお見通しだった。

「八助が殺されたのは、私のしくじりがあったからかもしれないの」

見張られていることを感じながら、適切な手当てができなかったこと。それが殺害に繋《つな》がったのではないかという判断についてだ。

「それは分からない。お波津さんたちが聞き込みをしていたから、怪しまれていると察して殺したかもしれないけれど。もともと喋《しゃべ》られてはまずいと考えていて、江戸へ出てきたら始末をしようとしていたのかもしれない」

「まあ、そうだけど」

お稲は、慰めたわけではなかった。あるかもしれないことを口にしたのである。

「そのとき一緒だった銀次郎さんは、何と言っているの」

「自分も何となく、見張られているような気がしたことがあったって。でも船に気を取られていて、何もしなかったって」

「ならばお波津さんじゃなくたって、気になる大事なことがあれば、そのためにうっかりしてしまうことは、あるのじゃあないかしら」

そしてお波津は、事件があってから初めて銀次郎に自分の思いを伝え、その胸で泣いたことを伝えた。

「よかったじゃない。それで」

「そうかしら」

ここでお稲は、しばらく考えるふうを見せてから口を開いた。

「今度の件が片付いたら、お波津さんは銀次郎さんと祝言を挙げたらいい」

「えっ、どうして」

脈絡もなく、いきなり言われた気がした。久実《くみ》には、生前に言われたことがあった。そのときほどは驚かない。

「だってお波津さんは、自分の弱いところを、駄目だったところを、あの人に見せられるんでしょ」

「それは……」

一度も、考えたことはなかった。

「前には、銀次郎さんをとっちめることしか考えていなかった。でも今は違う」

言われてみれば、そうかもしれないと思った。お稲は続けた。

「黙ってお波津さんを胸で泣かせたのは、あの人、どうしたらいいか分からなかったんですよ。きっと」

「そうかもしれない」

女の扱いなんて、何も分からない人。

「でもあの人は、弱いお波津さんを、しくじりをしたお波津さんを、受け入れたんじゃないかしら」

「………」

「二人の仲がそこまで行ったのならば、夫婦になっても、やっていけると思うけど」

そうかもしれないと、お波津は考えた。前のように、跳ね返す気持ちにはならなかった。

恋焦がれるような昂《たか》ぶりはない。でも銀次郎と祝言を挙げるのは嫌ではなかった。

「それならばそれでもいい。嬉《うれ》しいかもしれない」

胸の内で呟《つぶや》いた。

米五俵を積んだ、参吉が漕《こ》ぐ羽前屋の小舟は、大川《おおかわ》を経て日本橋川へ入った。運ぶだけならば参吉だけでも充分だが、手代の庄太がついてきたのは、店の状況を客に伝えたいという腹があったからだ。

大川の西側の客は、この数年で開拓した小売りである。昔からの繋がりはないから、何かあれば離れて行きやすい。

日本橋川は、荷を積んだ多数の船が行き来をしている。ときには川の端に寄って、他の船が行き過ぎるのを待つこともあった。

そして中には、乱暴な漕ぎ方をする者もいた。船端がこすれ合うことは、何度もあった。一艘《そう》が行き過ぎると、また次の船が姿を見せる。

その一艘が、いきなり羽前屋の荷船に強い力でぶつかってきた。がつと音がして、小さな船体は大きく揺れた。ばさりと水を被《かぶ》った。

庄太は荷が崩れるかと慌てて、手で俵を押さえた。

六

ぶつかった荷船は、羽前屋のものよりも一回り大きかった。しかし揺れは激しかったようだ。

荷が崩れたのは、相手の船だった。

「ああっ」

積んであった一斗《いっと》樽《だる》が川に落ちた。魚油を積んだ船だと、庄太はそのとき初めて分かった。

樽はそのまま沈んだ。

「どうしてくれるんでえ。いきなりぶつかって来やがって」

揺れが収まったところで、相手の船頭が食って掛かってきた。どこか荒《すさ》んだ気配のある中年の男だった。

「な、何を言うか。ぶつかってきたのは、そっちじゃないか」

庄太は言い返した。

「何だと」

相手の激昂《げきこう》は治まらない。腕まくりをした。落ちた樽の代金を、弁償させるつもりだと察した。しかし周辺にはたくさんの荷船があり、河岸には人がいた。追突の場面を見ていた者は必ずいると思った。

そしてこのとき、小舟が近くへ寄ってきた。中間《ちゅうげん》が漕いでいて、二十代後半とおぼしい主持《しゅうも》ちの侍が乗っていた。

「拙者は、ぶつかる様子を見ていたぞ」

と告げた。庄太は、侍が仲裁に入ってくれたのだと思ってほっとした。

「その方は、どこの者か」

魚油樽を積んだ船の船頭に、侍は問いかけた。

「汐留川河岸《しおどめかわがし》二葉町《ふたばちょう》の魚油問屋小《こ》倉屋《くらや》の者でさあ」

次に庄太の方が問われたので、仙台河岸の羽前屋の者だと正直に答えた。こちらに非はないから、躊躇《ためら》うことはなかった。

「いってえ、どちらがぶつかったっておっしゃるわけで」

向こうの船頭が言った。

「米屋の船だ。急いでいたのであろうが、無茶な漕ぎ方だと思ったぞ。あれでは、ぶつかられた方はたまるまい」

「ええ、何ですって」

庄太も参吉も驚きの声を上げた。そんな言葉が出てくるとは、信じられなかった。誰が見ても、ぶつかってきたのは向こうだと答えるはずだった。

「あ、あなたさまは」

掠《かす》れる声で、庄太は尋ねた。

「拙者は川越藩重職、大槻瀬左衛門《せざえもん》様の家臣内野伝三郎《でんざぶろう》である」

胸を張った。

「ああ」

庄太は呻《うめ》いた。その名は、店で何度も耳にしていた。嵌《は》められたと察したのである。

「てめえからぶつかってきて、いかにもこちらがぶつかったような言い方をしやがって」

援軍が現れたからか、相手はさらに強い言い方になった。

「さあ、どうしてくれる」

と始まった。相手には、武家の証人がいる。庄太は固唾《かたず》を呑《の》んだ。こちらの正義は通じない。けれども弁償をするつもりは微塵《みじん》もなかった。

「ちょいと」

そこで近くの河岸から、声がかかった。三十年配で、腰に房のない十手を差しこんだ夏羽織を身に着けた男だった。土地の岡っ引きだと思われた。

「ご無礼ですが、あっしには、魚油の船の方からぶつかったように見えましたが」

下手《したて》に出た口調だった。

「そうであろうか。こちらの方が、近くで見たぞ」

内野はとぼけた。誰が見ても、ぶつかってきたのは魚油を積んできた船に見えたはずだ。それを逆にして言った侍に、岡っ引きは反発したらしかった。

「あっしも、ぶつけられたのは、米を積んだ船に見えました」

これは俵物を近くの倉庫で降ろしていた荷船の船頭だ。

「おお、そうだった。魚油の樽も、荷の上にただ置いてあるだけで、あれじゃあぶつかった勢いで、すぐに落ちただろうよ」

という声も上がった。理不尽な因縁を吹っかける船頭に、腹を立てているといった印象だった。こうなると、状況が変わった。

気がつくと、内野の船はいなくなっていた。

「くそっ」

魚油を積んだ船も、姿を消した。

夕刻、善太郎が羽前屋へ帰ると、配達から戻った庄太が報告に来た。日本橋川での出来事を伝えてきたのである。

「身勝手な荷運びをして、他の店を困らせる阿漕《あこぎ》な店にしたかったのだな」

「そうだと思います」

「大槻か仙波屋がやらせたのでしょうね。川越藩の名を出せば、周りの者は畏《おそ》れ入るとでも考えたのではないでしょうか」

久之助《きゅうのすけ》が、腹立たしげに言った。内野と魚油の船頭は組んでいるという見立てだ。

羽前屋にまで、嫌がらせをしてきたのだ。

「もっと酷《ひど》いことを、してくるかもしれませんよ」

お稲が言った。

「そうだろうな」

善太郎は答えた。仙波屋や倉田屋は、大黒屋と羽前屋を潰《つぶ》したいと考えている。八助を殺した勢いで、それを始めてきたのかもしれなかった。

そこへ外回りに出ていた茂助が帰ってきた。

「永代《えいたい》橋の袂《たもと》で、こんなものが売られていました」

差し出したのは、一枚の読売だった。善太郎は、記事に目を通した。

『横暴な店の船　魚油の樽を突き飛ばす　ご用心』

一方的に、ぶつかってきた米俵を積んだ船が悪いという書き方になっていた。しかもその米屋の船は、仙台堀河岸の羽前屋のものだとはっきり屋号を出している。戸《と》締《じめ》になっている大黒屋と極悪犯として流罪になったとする角次郎のことも、関わりがある者として触れられていた。

「許せませんね」

「ええ。それで読み終わってから、読売を売っていた者を糺《ただ》そうとしたのですが、そのときには姿を消していました」

久之助の言葉を、茂助が受けた。

読売には、版元の名も載っていたが、あてにならないだろうと思われた。前にも大黒屋を貶《おとし》める、勝手な記事を載せた読売を、ありもしない版元名で出されたことがあった。

七

未明の夜空に、夏の星が輝いている。お万季はお波津と共に、回向院《えこういん》山門前に並んで立った。互いに白装束に裸足《はだし》で、言葉は交わさない。手水舎《ちょうずや》で身を清め、本堂前に立つ。本堂に向かって深く頭を下げて、境内に入る。一文の賽銭《さいせん》を投げ入れて両手を合わせ瞑目《めいもく》する。願うのは、一日も早く角次郎が無事に八丈島から戻ることだった。望みはこれ以外にない。

祈願が済むと、そのまま山門を潜って境内の外に出る。境内の外には、お万季もお波津も、算盤《そろばん》を置いていた。お万季の算盤は、角次郎が使っていたものだ。お波津は角次郎から買ってもらった朱色の小型の算盤である。

お万季は算盤に一を加えた。お波津も、一を加える。

そして二人は、言葉を交わすことなく再び山門前に立つ。深く頭を下げて、この日二回目のお参りをする。済むと山門の外に出て、また算盤に一を足す。百になったところで、お万季とお波津はその日のお百度参りを終えた。

この頃には、東の空が赤みを帯びてくる。

どちらかが「やろう」と言って始めたのではない。流人船が江戸を出たその翌朝から始めた。

境内を行き来していると、角次郎と過ごしたいろいろな場面をお万季は思い出す。

お万季はわけあって、幼い頃に声を発せられなくなった。しかし角次郎と祝言を挙げて大黒屋の商いを続ける中で、言葉を取り戻した。力を合わせて店を大きくし、善太郎とお波津を育てた。五月女《さおとめ》家の奥方として、過ごした日々もある。

その一つ一つの場面が、思い起こされた。

流人船が江戸を出たあの日から、いつも頭のどこかで、角次郎を思っている。八丈暮らしは話で聞くだけだが、無事を願う心は天に通じると考えていた。

雨が降って種芋が奪われかけた翌朝の八丈島は、晴天だった。暗いうちに目を覚ました角次郎は空を仰ぐ。満天の星が瞬いていた。

お万季と初めて会ったとき以来の様々なことが、頭に浮かぶ。

「お万季はきっと、今朝も回向院でお百度参りをしてくれているのだろうな」と呟《つぶや》いた。角次郎や大黒屋にとって難事があると、お百度参りをしてきた。場所は違っても、今は同じ夜空を見ているのだろうと考えた。

いつか必ず江戸へ戻って、相まみえる。それは信念で、江戸を出たときから変わらない。

八丈島の地で、潮騒《しおさい》の音を聞きながらしばし妻子を思う。それが島で一日を過ごす、角次郎の気力の源になった。

岩吉は不満らしかったが、豊次郎はそのまま小屋に置くことにした。脅されてしたことだから、一度だけ猶予を与えることにしたのだ。

「もう二度と」

両手をつき、豊次郎は泣きながら地べたに額を押し付けた。

「おれたちがこいつを許しても、寅造たちは、必ずまた、とんでもないことをしてきますぜ」

卯作は言った。それは角次郎も分かっている。だから警戒をした。

襲ってきた場合に応ずる、得物を用意した。突棒や棍棒《こんぼう》として使えるものである。遠出はしないで、小屋にいて畑を見張った。

豊次郎には、水汲《みずく》みなどたいへんな仕事をやらせた。水は飲むだけでなく、洗面や傷口の手当てに使い、畑にも撒《ま》く。村の者から、縁の欠けた大ぶりな水甕《がめ》をもらい受けた。湧き水の下に置いて水甕をいっぱいにし、いつでも水を桶《おけ》で汲みだせるようにした。大桶は小屋の脇に置き、これに常に水を満たしておくのが豊次郎の仕事になったのである。簀巻《すま》きにされても、小屋から出されても文句の言えない状況だったから、この仕事は丁寧にやった。

少しでも手を抜くと、岩吉が責め立てた。

数日して、水につけておいた芽から根が出始めた。

「では、畑に植えよう」

すでに畝はできている。生えてきた草も外した。卯作も岩吉も、目を輝かした。岩吉は、島に来たばかりの頃とはだいぶ変わった。拗《す》ねたような態度を取らなくなった。

農事が嫌で江戸へ出てきたが、本をただせば百姓だった。八丈島で生きざるを得ない以上、できることをするしかないと腹をくったらしかった。豊次郎も、文句を言わず苗の植え付けに加わった。

　ふみと太吉も姿を見せた。蝮《まむし》に嚙《か》まれた卯作の腕が、ほとんど元に戻っている。母子は、それが嬉《うれ》しいらしかった。太吉は卯作と相撲を取る。近頃はその相撲に、岩吉が加わることもあった。

　岩吉は卯作のように負けてやらない。しかし太吉は、転ばされて痛い思いをしても、歯を食い縛ってかかってゆく。

「負けん気の強い、辛抱強い子だな」

　角次郎と卯作は話をする。

　島に注ぐ夏の日差しは強い。四《し》半刻《はんとき》もしないで、汗が噴き出してくる。小刻みに休憩を取らせ、水を飲ませ塩を嘗《な》めさせた。

「うまくいったぞ」

　前の畑の半分の広さで、仕事も分かっていたから、一日で苗を植え終えることができた。全身汗でびっしょりになりながらも、歓声が上がった。

　村人二人が、様子を見に来た。

「大丈夫だ。これならば根付くぞ」

好意的な発言をした。

蝮の一件以来、村人との関わりは多くなった。様子を見に来るのは、村の者ばかりではない。流人たちもやって来る。寅造らの仲間ではない者たちだ。しかし気付かないところで、来ているかもしれなかった。

二つの畑の見張りは続けた。

また豊次郎を、一人では歩かせないようにした。寅造の目がある。捕えられれば、何をされるか分からない。それは豊次郎も感じていて、一人で歩くことを怖がった。

火熾《おこ》しは、相変わらず治兵衛がやったが、起き上がるのが辛《つら》そうなときには、他の者がやる。手間はかかるが、日々やり方を見ているから、徐々にできるようになってきた。

そうして五日ほどが過ぎた。

雨が降らなかったから、水は与えた。どうやら根付いた様子だった。蔓《つる》が伸びて、若葉は青々としている。

「このままいってほしいですね」

朝の確認に行って、卯作が言った。岩吉や豊次郎も頷《うなず》いた。

満足した一同は、小屋へ引き上げた。角次郎は最後になって、前からある畑の隅に立って育っている株の様子に目をやった。風があって、日陰にいれば暑さを凌《しの》げた。

「はて」

そのとき、竹藪《たけやぶ》の中で何かが動くのを感じた。畑はわずかに傾斜地で、竹藪のあたりはその角度が大きくなっていた。石も多くて、畑にできなかった。笹が鬱蒼《うっそう》と繁っていて、その辺りはすでに薄闇に覆われていた。

目を凝らすと、やはり人影で二人いた。人が行くような場所ではないので、意外だった。畑の様子を見るだけならば、他からの方がよく見える。

だがこのとき、男たちのいる場から小さな火が上がったのが見えた。ここのところ雨は降っていなかったからか、また乾いた落ち葉が積もっていたからか、すぐに人の体ほどの炎になった。

そして二人の男は、その場から逃げ出した。風は傾斜の下から吹いてくる。このままではじきに小屋や畑を焼く。

「付け火だぞ」

角次郎は叫んだ。

男たちを追えば捕えられたかもしれないが、それよりも消火が先だった。桶の水を持って、竹藪の傾斜を駆け下りた。

八

「火事だ、火事だ」
「消せ、消せ。風で火の粉が小屋や畑に飛んでくるぞ」

角次郎の背後から、卯作らの声が聞こえた。皆が慌てている。予想もしない場所だった。

火はまだ小規模だ。油をまかれたわけではなかった。手早く消せば、大ごとにはならないだろう。とはいえ、豊富に水があるわけではない。手早い消火が肝心だ。

角次郎は、炎の側まで辿《たど》り着いた。炎が、乾いた草木を呑《の》み込んでいる。ぱちぱちと燃える音がした。

「やっ」

手にあった桶の水を撒《ま》いた。じゅっと音がして、わずかに火の勢いが衰えた気がしたが、それは一瞬だった。

火は何事もなかったように、燃え続けた。風があって、小屋の方へ広がってゆく。水を取りに上がる暇はなかった。

角次郎は、近くに落ちていた木切れを拾って、それで燃える草木の根元を叩《たた》いた。足でも踏んだ。

「あちち」

さすがに素足で踏むのは熱い。素足で暮らしているから、足の皮は厚くなっているはずだが、それでも耐えがたかった。そこで木切れで土を掘り、それを火にかけることにした。

「水だ、水だ」

岩吉が叫んでいる、卯作や豊次郎と大桶を運んできているらしい。それを火元にかけられれば大きい。

「こぼすな。慎重にやれ」

卯作が叫ぶ。慌てているか、こぼしてしまうのかもしれない。また水が重いのは確かだ。

角次郎は最初に使った桶を手にして、火を避《よ》けながら、大桶の側まで行った。そして手にある桶で水を汲んで、火にかけた。しかしその程度では、もうどうにもならなくなっていた。

「残りの水を、皆でかけるぞ」

「おおっ」

気合を入れて、「せえの」ですべてをぶちまけた。すると今度は、炎がだいぶ弱まった。しかし消えたわけではなかった。

「岩吉と豊次郎は、水を汲《く》んで来い」

「へい」

ふたりは桶《おけ》を担いで、水場へ急いだ。角次郎と卯作は、燃え残ったあたりを棒で叩いた。しかしそれで火が消えるわけではなかった。弱った炎が、また盛り返してきそうだった。

「風上にある草木を、刈ってしまおう」

名案ではあったが、手早く刈り取る道具など何もなかった。手で抜くしかなかった。それでも力の限り続ける。

「火を、岩の崖《がけ》に追い詰めよう」

草木を抜く場所も、考えた。草は指を切る。いつの間にか手が、血だらけになっていた。

新たな水がやって来た。桶で燃え盛る場所へぶちまけた。運ばれた水はすぐになくなったが、それでも火は消えなかった。勢いがいく分弱まっただけだ。

水場には、湧き水を水甕《みずがめ》に溜《た》めているが、すぐにはいっぱいにならない。溜まった分は、今運んできて撒《ま》いてしまった。しばらく待たなければ、次の水はない。しかし火は、待つことなく燃えてゆく。

「火を踏め。燃えている部分を、板や棒で叩け。濡《ぬ》れた土をかぶせろ」

卯作が叫んだ。そして自ら棒で叩きながら、燃える炎の先に挑んだ。熱いはずだが、必死の形相だった。水呑百姓だった卯作は、水のない消火を体験したことがあるらしかった。

すると角次郎の体も、自然に動いた。火を足で踏んで、燃えている部分を棒で叩いた。岩吉も豊次郎も、その言葉に従った。小屋も畑も燃えてしまったら、生きていけない。

夢中になると、熱さを感じなくなった。

「やったのは、寅造のやつらだ」

怒りを胸のうちに滾《たぎ》らせた。滾らせることで、消火の力にした。

どれほどそうしていたか、いつの間にか風も火の勢いも収まってきていた。

「水を運んで来い」

作業を続けながら、角次郎は叫んだ。あれから少しはたまっただろうと考えたからだ。

桶の水が運ばれてきた。燃え残っている火に、ぶちまけた。

「おおっ」

それで火の勢いは、収まったかに見えた。四人はその後を、棒で叩き足で踏んだ。煙が上がっている。焦げたにおいに包まれたが、それでもしばらく四人は作業を続けた。

「き、消えたんじゃあねえか」

岩吉が言った。

「おお、消えた。消えた」

豊次郎も叫んで、二人は手に手を取って喜び合った。そして崩れるように、両《りょう》膝《ひざ》をついた。

「確かに」

応じると、角次郎も一気に疲れが出たのが分かった。その場にへたり込んだ。見ると卯助も岩吉も豊次郎も、尻《しり》をつけてしゃがみ込んでいた。すぐには動けない。

「寅造め、ふざけやがって」

岩吉が、呪うような声を上げた。

「それにしてもどうして、こんなことを」

卯作が訝《いぶか》しがった。付け火をしたところで、何の得にもならない。下手をすれば、山ごと燃やしてしまう。

「殺すつもりか」

とも角次郎は考えたが、そうだとすると寅造の動機が分からない。

「嫌がらせだ。小屋も畑も燃やして、おれたちを食わせないようにするつもりだったんだ」

豊次郎の言葉を聞いて、角次郎ははっとした。

「畑は大丈夫か」

消火に夢中で気が回らなかった。他の者たちも、どきりとしたらしい。皆で畑へ行って、声を上げた。

「ああっ」

見るも無残に潰《つぶ》されていた。せっかく根付いた苗も潰されている。

「何てえことを、しやがる」

卯作は悲痛な声を上げた。

新しい畑も検《あらた》めた。こちらも同じように、荒らされていた。

「これじゃあ、今までの苦労が、み、水の泡じゃねえか」

半泣きの声を豊次郎が出した。

角次郎はさらに、小屋のことが気になった。中には治兵衛がいて、最後に残った芽の出た赤甘藷《かんしょ》の種芋が残っていた。どちらも、ただでは済んでいない気がした。

小屋へ駆け戻る。戸は、開いたままになっていた。中に踏み込んで、「あっ」と声を上げた。

乱暴された治兵衛が、血まみれになって土間に倒れていたからだ。ぴくりとも動かない。

「むごいことをしやがる」

卯作が呻《うめ》くように言った。体に手をやると温かいが、すでに息はしていなかった。

小屋の中が荒らされている。明らかに争った気配があった。誰が来たのか、何人いたのかは不明だが、治兵衛は歯向かったのだ。

そして殺された。

「く、くそっ」

豊次郎が歯軋《はぎし》りをした。岩吉は憤怒《ふんぬ》で声も出ない。

「治兵衛が命懸けで守ろうとしたのは、残りの種芋か」

そこで角次郎は気がついた。最後に残った赤甘藷だ。

「な、ない」

朝に置いた場所には、何もなかった。

「そうか」

治兵衛は病を押して、種芋を守ろうとしたのだ。そしてこのような目に遭わされた。

「おい、これは」

俯《うつむ》けに斃《たお》れた治兵衛の右の指先に、血がついている。土間に血で、何かを書き残したように見えた。初めは歪《ゆが》んでいて読み取れなかったが、見る角度を変えると分かった。『とら』と書かれていた。

「最期の力を振り絞って、知らせるために残したのだな」

角次郎が言うと、「ううっ」と豊次郎が泣き声を漏らした。

「一度は裏切ったてめえが、泣いてどうする」

岩吉が怒鳴りつけた。その顔も、歪んでいた。

「で、でも」

泣き止もうとするが、涙も嗚咽《おえつ》も止まらない。そのまま続けた。

「わ、私は脅されるのが怖くて、あいつらの言うことを聞いたけど……。病の爺《じぃ》さんは、い、命懸けで、争ったんだ」

悲しさはもちろんだが、自分を責める気持ちの方が強そうだった。己の不甲斐《ふがい》なさが、身に染みたらしかった。

「種芋を取り返しに行きやしょう。そして治兵衛の仇討《かたきう》ちをしてやりやしょう」

岩吉が体を震わせながら言った。卯作も、その言葉に頷《うなず》いた。

「よし。行こう」

角次郎も、このままにするつもりはなかった。ただ、流人同士の私欲の争いにはしたくなかった。理不尽な死を遂げた、治兵衛の仇討ちなのだとはっきりさせたかった。

相手は、十人以上の集団になっている。それで怯《ひる》むわけではないし、村の者が助けてくれるとも考えなかった。

しかしこの場を、名主の兼五郎にだけは見せておかなくてはならないと思った。

感情に逸《はや》っての動きを、角次郎はしない。

「村まで一走りして、兼五郎に状況を伝え、ここへ来てもらうように頼んでくれ。それをした上で、我らは寅造のもとへ行く」

卯作に告げた。

「へい」

角次郎の気持ちを察したらしい卯作は、大きく頷くと小屋から出て行った。兼五郎が現れるまで、畑も小屋の中もいじらない。ただ怒りと悲しみに耐えた。豊次郎が、何度も洟《はな》を啜《すす》った。

足音が聞こえた。三、四人の足音だった。角次郎らは、小屋の外に出た。現れたのは、兼五郎とふみ、それに村の者が二人だった。

「これは酷《ひど》いぞ」

まず目に入る畑を目にして、村人の一人が言った。角次郎は、村の者たちを付け火のあった場所へ案内した。

「ああ、何ということを」

焼け跡を目にした兼五郎は、嘆息を漏らした。

「早いうちに消さなければ、とんでもないことになった。小屋や畑だけじゃあ済まない。山だって丸ごと燃やしてしまったかもしれない」

そう言ったのは、ふみだった。常にはない、険しい顔だ。二人の村人たちも、憤りを伝える目で頷き合った。

九

「寅造、もしくはその指図を受けた者の仕業だな」

治兵衛が最後に残した血文字を目にしながら、兼五郎は言った。

「この島には、とらの名がつく者は二人しかいねえ。一人は島の東側にある樫立《かしたて》村の者で虎五郎《とらごろう》という者だが、これは六十歳を過ぎて寝込んでいる。ここへは来られねえ」

「もう一人が三根《みつね》村へやって来た寅造だ。他にはいねえ」

村人の二人が、交互に言った。

「私たちは撲殺された治兵衛の仇討ちをして、種芋を取り返します」

角次郎は告げた。卯作ら三人も、横で頷いている。

「四人で行けるのか」

「これは、私たちのことですから」

事情さえ分かってもらえればよかった。四人は、助けが得られるとは思っていない。

棍棒《こんぼう》や手作りの農具を手に、四人は三根村の寅造らの小屋へ向かった。日は西の空に傾いている。黄色い輝きが眩《まぶ》しかった。いつも止むことのない蟬の音と潮騒《しおさい》の音が、耳に響いた。

汗が、額や首筋から流れた。

寅造らは、何を言っても犯行を認めないのは明らかだ。こうなったら、腕ずくのやり取りになるのは覚悟の上だった。

見覚えのある小屋の前に立った。外にいた流人の一人が、建物の中に声をかけた。寅造は、待っていたとばかりに姿を見せた。島暮らしでも、痩《や》せた気配はない。食べるものは食べているといった体つきで、日焼けはしているが、膚《はだ》の色艶《いろつや》は良かった。

駒造や東助の他、配下の流人十人ほどが、それぞれ得物を手にして遠巻きにして囲んだ。

ただ四人は、豊次郎を含めて怯んでいる者はいなかった。治兵衛の命だけでなく、畑を荒らされ、さらに種芋まで奪われた。付け火までされた。もう失うものはない。生きる糧を奪い返すためにやって来た。

「いってえ、何の用だ。こちとらは、てめえらなんぞには用はねえ」

「治兵衛を殺した者を差し出し、さらに奪った種芋を返してもらおう」

寅造の言葉に、角次郎が返した。怒りはあるが、それは抑えていた。

「何だ、おめえら。また何者かに襲われたのか。間抜けなやつらだ」

嘲笑《あざわら》うように、寅造は言った。後ろめたさなど微塵《みじん》もない。他の者も同様で、げらげらと声を上げて笑った。

「やったのは、おまえらだ」

「しらねえなあ」

愉快そうに返した。

「赤甘藷《かんしょ》の種芋については、この前も豊次郎を唆して奪おうとした。豊次郎は、そう証言をしているぞ」

「そんな屑《くず》の言うことなど、真に受ける方が阿呆《あほう》だ」

「今回は殺された治兵衛が、最期の力を振り絞って、血でおまえの名を残していた。名主の兼五郎さんにも確認をしてもらった」

これは絶対の証拠だ。取り囲んでいる流人の中には、動揺した気配の者もあった。

しかし寅造は動じない。駒造と東助は、憎悪の目を向けた。理屈や真偽のほどなど問題ではない。己のしようとすることを阻む者、妨げる者を、邪魔者として排除する獣の眼差《まなざ》しだった。

「ふん。知るかそんなこと。そんな文字は、後で誰かがどうにでも書ける。死んだ者が、口を開いて、自分を殺したと言うわけではねえ」

「どこまでも、卑怯《ひきょう》だな」

「うるせえ。やっちまえ」

寅造は、取り囲んでいる配下の流人たちに指図をした。

「このやろ」

最前列にいた男が、角次郎の胸を長い棒で突いてきた。膂力《りょりょく》がありそうだ。体に力が漲《みなぎ》っている。胸を突かれたら、あばら骨は砕け、ひとたまりもないだろう。

角次郎は斜め前に出ながら。手にあった棍棒で払った。躱《かわ》すことはできたが、手は痺《しび》れた。相手の動きには勢いがあった。

「くたばれっ」

長い棒が、音を立てて回転をし、再び襲ってきた。今度はこちらの顎《あご》のあたりを狙っていた。力強い。しかし棒が長い分、動きがよく見えた。

角次郎は体を相手の脇に回り込ませた後で、肘《ひじ》を打った。棍棒が骨を砕いた感触があった。

「うわっ」

声を上げながら男は倒れ、長い棒が飛んだ。

このとき卯作や岩吉、豊次郎もそれぞれの得物で、敵の流人たちと闘っていた。一番頼りなげなのが、豊次郎だった。すでに棍棒を持った流人に追い詰められていた。三尺ほどの先を尖《とが》らせた棒を持っていたが、叩《たた》かれて落とした。

このままでは、棍棒で脳天を打たれておしまいだ。角次郎は駆け寄った。そして襲おうとしている男の肩を、こちらの棒で打ち付けた。

流人の体がぐらついた。その体を蹴《け》り飛ばしてから叫んだ。

「棒を拾え。林へ入れ」

しかしかまっていられるのは、そこまでだった。角次郎を襲ってきたのは、駒造だった。手にしているのは、棍棒の類《たぐい》ではなかった。よくしなる蔓《つる》だった。一振りすると、びゅうと音を立てた。速さだけなら、前の長い棒など比べ物にならなかった。

角次郎は、その一撃を、身を引いて躱した。何かの蔓で拵《こしら》えた鞭《むち》だと考えた。近くに寄りたいが、次の一撃が飛んできた。近くには寄せない腹だ。

生き物のように伸びた蔓は、角次郎が手にした棍棒に巻きついた。強い力で引かれた。角次郎はそのまま前に出ようとしたところで、ぱっと外れた。そして直後、蔓の先が頬に飛んできた。

棍棒を盾にしたが、できなかった。蔓の先端が、頬に当たった。血が飛んだ。皮膚が切れたようだ。

激しい痛みが全身を襲った。目が眩《くら》みそうになって、手の棍棒を取り落としそうになった。

やっとの思いで足を踏ん張り、身構えた。痛みは消えないが、それにかまってはいられない。

新たな一撃が飛んできた。駒造は蔓を、自分の体の一部のように使う。

角次郎は横に跳んだ。蔓の長さと飛ばした折の腕の動きを見ていると、蔓の目指す先が見えた。外れれば素早く引かれるにしても、次の一撃までには若干の間があった。

樹木に囲まれた小屋前の土地は、それほど広くはない。そこで男たちが争っている。角次郎は、樹木の間に身を寄せた。

駒造が追ってきた。これまでは有利にことを進めてきた。こちらは防戦一方だった。それで気をよくしたらしい。

「やあっ」

新たな蔓が飛んできた。追い詰めたと思ったらしい。口元に嗤《わら》いが浮かんでいた。

ここで角次郎は、さらに斜め後ろに体を引いた。生えている樹木を、盾にした形だ。

蔓は音を立てて樹木に巻きついた。角次郎が待っていたのは、その一瞬だ。樹木の間から飛び出して、駒造に躍りかかった。

足には力を溜《た》めていた。すでに棍棒《こんぼう》は振り上げている。

「覚悟」

狙いは相手の小手だ。大きな動きはしない。投げた蔓を受けるためには、戻ってくる瞬間に受け止めなくてはならなかった。

その止まった手の甲を、叩いた。

「ううっ」

棍棒の先から、骨を折った感触が伝わってきた。角次郎は休まず、その右肩も打って砕いた。

駒造はもう、立ってはいられない。そのまま前のめりに倒れた。

周りに目をやる。卯作が流人二人を相手にしていて、一人の足を棒で払ったところだった。横転したところを、容赦なく棒で打っていた。死なせるつもりはないが、手加減はしない。血が噴き出した。

その勢いで、もう一人に当たった。

岩吉は東助と渡り合っていた。岩吉は三尺の棒で、東助は棍棒だった。五分と五分だ。豊次郎は、樹木と樹木の間を逃げ回っていた。やられてはいない。

人の数はこちらの方が少なかったが、押されている気配はなかった。

「うぐっ」

ここで東助が、岩吉の一撃を顎に受けた様子だった。顔を歪《ゆが》ませて、手にしていた棍棒を落とした。衝撃で顎が外れたらしい。

岩吉はそこを休まず、棒で肘を叩いた。すでに体がぐらついていた。安定のある分厚い体だったが、足をすくうとたわいもなく崩れた。地響きが起こった。

「おおっ」

敵の誰かが叫んだ。これで状況が変わった。地べたで呻《うめ》いている者たちを置いて、流人たちが逃げ始めたのである。

寅造も東助が倒されたところを目にして、逃げる算段をしたらしかった。しかし他の者は見逃しても、こいつだけは許さない。

「待てっ」

小屋の後ろに回り込んだ寅造を、角次郎と岩吉が追いかけた。寅造は、どこで手に入れたか櫂《かい》を手にしていた。

雑木林を抜けてゆく。生い茂る叢《くさむら》など気にもしなかった。岩場も駆け上る。しかし角次郎と岩吉も負けてはいない。距離を縮めながら追った。

石畳のような場所へ出た。海が目の前に広がっている。石畳の向こうは、崖《がけ》になっているらしかった。波が岩にぶつかる音が聞こえてきた。

いよいよ追い詰めた。

寅造は櫂を手に身構えた。逃げはしたが、焦っている様子はなかった。こちらの動きを、油断なく見つめている。

「なぜ私を狙ったのか。畑を壊したのか。種芋を奪ったのか」

角次郎も身構えたが、これは聞いておきたかった。寅造は二十俵の米を持って島へやって来た。わざわざ付け火までして畑を壊す必要も、種芋を奪う必要もなかったはずである。

「うるせえ、おめえは生かしちゃあおけねえ。そういうわけがあっただけだ」

「このやろう」

ここで岩吉が棍棒を振り上げ、寅造に躍りかかった。岩吉は憤怒《ふんぬ》に燃えている。

問答無用で、寅造を許せないのだった。

寅造は慌てない。素早い動きで、櫂を突き出した。その先端が、岩吉の下腹を突いた。

「ああっ」

岩吉の顔が歪んだ。足を踏ん張ろうとしたが、できずに岩に片膝《かたひざ》をついた。そこを打とうとする寅造は、櫂を振り上げた。

それはさせない。角次郎は前に出た。

察した寅造は、体の向きを変えて櫂を横に振った。唸《うな》りを上げて、目の前を通り過ぎた。

得物としては、こちらの方が短い。角次郎は一気に前に出ながら、棍棒を斜めに振り下ろした。

届く距離だった。

しかし寅造は、身を引くことでそれを凌《しの》いだ。角次郎はさらに一歩前に出て、休まず棍棒を突き出した。喉元《のどもと》を狙っている。相手はすでに、体の均衡を失っていた。

寅造は、反撃に出られない。

棍棒で角次郎は相手の甲を打った。骨が折れるほどではなかったが、きっちりと入った。

「ううっ」

呻き声を上げた寅造は、次の反撃を警戒して身を後ろに引いた。しかしそこは、崖っぷちだった。足を滑らせたのである。

「ああっ」

叫びと共に、角次郎の前から寅造の体が消えた。怒濤《どとう》の中に落ちたのは間違いない。

跪《ひざまず》いた状態で、崖から下を見下ろした。飛び出している岩に体をぶつけて倒れている人の体が見えた。激しく打ち寄せる波が、その体を洗っていた。体が微《かす》かに揺れるのは、波に押されるからだった。

「寅造のやつ、死にましたね」

いつの間にか横にいた岩吉が、身を乗り出しながら言った。

十

角次郎と岩吉が寅造の小屋の前に戻ると、卯作と豊次郎が駒造や東助、そして逃げ損ねた流人四人を蔓《つる》で縛り上げていた。中には骨折をした者もいたが、躊躇《ためら》いはなかった。

こちら側に、怪我人はなかった。ただ蔓の鞭《むち》を受けた角次郎は、顔に蚯蚓腫《みみずば》れができた。しかしそれは、日がたてば治るはずだった。

「寅造は、崖から落ちて死んだぞ」

角次郎が伝えると。卯作と豊次郎はほっとした顔になった。駒造らは、顔を強張《こわば》らせた。

「してきたことの、報いですね」

卯作は言った。

そこへ兼五郎と三根村の弥兵衛《やへえ》が、数人の村人を連れて現れた。角次郎は、ここまでのことを話した。

まずは逃げ損ねた子分の流人から、弥兵衛が問い質《ただ》しをした。

「おまえらは、寅造の命で付け火をし、角次郎の小屋と畑を荒らし、治兵衛を殺《あや》め、種芋を奪ったわけだな」

決めつけるような言い方だった。

「ま、待って下せえ。付け火をしたのは、駒造と逃げた中の一人で忠吉《ちゅうきち》という者です。おれはやっていねえ」

　まずは身を護《まも》る発言をした。

「ではその方は、何をしたのだ」

「やりたくなかったけど、畑を荒らした。羨《うらや》む気持ちはあった」

「小屋へ入ったのは、誰だ」

「寅造と東助だった。二人は、種芋を持って出てきた。中にいたやつを、殺したとは思わなかった」

　無理強いされて、加わったという証言だった。

「付け火を止めなかった。それだけでも、とんでもねえことだ」

　岩吉が怒鳴りつけた。

　四人の子分の話をまとめると、駒造ともう一人の流人が付け火をして逃げ、消火をしている間に、寅造らが畑を荒らした。そして小屋へ入った寅造と東助が、治兵衛を殺し種芋を奪ったという状況となった。

　子分の一人は、倒れた治兵衛を蹴《け》る東助の姿を見たという発言をした。

　そこで次は、東助にあたった。東助は外された顎《あご》を、乱暴に嵌《は》められた。

「お、おりゃあ、しらねえ。ず、ずっとここにいた。こいつらは、出まかせを言っているだけだ」

　痛みに耐えながら言った。脂汗をかいているのは、打たれた肘《ひじ》が痛いからしい。骨にひびが入っているのかもしれない。

「嘘はないか」

弥兵衛は、東助の肘を容赦せずに握った。そして力を入れた。

「ううっ」

　東助は呻《うめ》いた。

「正直に話すまで、この手は離さねえぞ」

　表情を変えずに言った。生まれながら流人相手に暮らしているからか、弥兵衛も一筋縄の者ではなかった。

「小屋の爺《じい》さんを蹴ったのは、た、確かだ。しかしあれで死ぬとは、思わなかった」

「うるせえ、てめえが蹴ったから、治兵衛さんは死んだんだ。てめえが殺したんだ」

　これは豊次郎だった。怒りで涙を流しながら言っていた。

「付け火をしたのは、駒造と忠吉に相違ないか」

「それは、間違いねえ」

東助も認めた。

「さあ、どうだ」

弥兵衛が最後に向かい合ったのは、駒造だ。

「ああ。火をつけたのは、間違いねえ」

さすがにここまで来たら、白を切り通すことはできないと悟ったらしかった。これだけでも大罪だ。

「なぜそこまでしたのか」

弥兵衛も、不審に思ったらしかった。角次郎が、もっとも知りたかったことだ。

「寅造が、角次郎を殺すと言い張った。江戸で誰かから、告げられたらしい」

「告げられただと」

「そうだ。だから二十俵もの米を持ち込めた。うまくいったら、次の赦免船で島を出られるとでも言われたようだ」

駒造は、告げた相手を知らない。しかし角次郎は、見当がついた。

「大槻家か仙波屋の者だろう」

他には考えられなかった。島にまで刺客を放っていたとは、いかにも執念深いやつらだった。

「駒吉と東助は、流人牢《ろう》に入れよう。付け火をして逃げた忠吉は、草の根を分けても捜し出して、これも流人牢へ入れる」

　畑を荒らした流人二人は、首縄をつけられて、三日の間神湊《かみなと》で晒《さら》される。その間は水だけで、食い物は与えられない。

「それでいいだろう」

　弥兵衛の言葉に、兼五郎が応じた。

　駒吉と東助が島牢に運ばれるのを、角次郎はついていった。間口が二間、奥行きも二間、高さは六尺ほどの頑丈な造りのものだった。格子も太くて、どれほど強力な物でも壊せるとは思えなかった。

「ここに入れられるのは、どういう罪人ですか」

「島抜けと放火、村人を殺した者だ」

　一度入れられたら、水も食事も与えられない。どれほど剛の者でも、十日で死ぬという。

　角次郎の問いかけに、兼五郎が答えた。

　亡くなった後は、島役人の届書一枚で万事解決する。受けた代官所は、問い質すこともなく受理するのだとか。「流人の命は紙一枚」そういう言い伝えがあると、角次郎はこのとき知った。

奪われた種芋は、回収された。

その頃江戸では、善太郎らが勝手に売られた読売について調べを進めていた。紙面にあった版元小倉屋は、汐留川河岸の二葉町にはなかった。

そこで嶋津と笹江は、札付きの彫師、刷り師を当たったのである。

「この彫り癖は、由造《よしぞう》のものじゃあねえか」

という声が上がった。危な絵を彫っている者で、金が手に入るならば、どんな仕事でもするという。聞いた嶋津は、芝《しば》にいる由造を訪ねた。現れたのは、胡麻《ごま》塩《しお》頭《あたま》の五十年配の男だった。借家ではあるが、造りのしっかりしたまともなしもた屋だった。

裏仕事で、それなりも儲《もう》けているのかもしれない。嶋津は羽前屋を誹謗《ひぼう》する読売を見せた。

「これは、おれが彫ったものだ」

由造は、あっさり認めた。通常の、倍の手間賃が得られたそうな。

「頼んだのは、何者か」

「さあ、しらねえ。どこかでおれのことを聞いてきたらしい」

「どのような顔形だ、歳はどれほどか」

「侍は、深編笠《あみがさ》を被《かぶ》ったままだった。おれは銭さえもらえれば、誰が頼もうと知ったことではねえ。侍の顔なんて、どうでもよかった」

前金を受取り仕事をして、版木を渡して残りの銭を貰《もら》った。どこで刷るのかは、訊《き》きもしなかった。

そこで辿《たど》る道は、途切れてしまったのだった。

「羽前屋を追い詰めるために、企《たくら》みを仕掛けてきたんだ」

「負けやしませんよ。そんなに慎重に練られた企みでも、必ずどこかに綻《ほころ》びがあります。それを探します。うまくすれば、それが父上を呼び返す手立てに繋《つな》がります」

嶋津の言葉に、善太郎は返した。

寅造の死骸《しがい》は、翌日流されて神湊の浜に上がった。そして逃げた忠吉については、島の全村を挙げて捜索した。昼過ぎには、捜し出すことができたと角次郎は知らされた。

忠吉はそのまま、流人牢へ連れて行かれたとか。

昨夜のうちに、角次郎と卯作、岩吉と豊次郎の四人は、治兵衛の体を清めてやり通夜を行った。事の顚末《てんまつ》を、伝えたのである。

「仇《かたき》は取ったぜ」

岩吉が言った。線香はなかったが、ふみと太吉が来て、蒸かした芋を供えた。

そして翌日、四人で流人墓地へ運んで、埋葬を行った。土饅頭《どまんじゅう》の上に載せた石ころは、太吉が拾ってきたものだった。

一同は、瞑目《めいもく》合掌した。

治兵衛が命懸けで守ろうとした種芋は、奪い返した。畑をもとのようにして、赤甘藷《かんしょ》を育てることを約束した。

そして早速、畑に出て畝造りをすることになった。

「この苗は、まだ使えますよ」

卯作が、しげしげと苗を見ながら言った。

「ああ、本当だ」

足で押し潰《つぶ》されたものは駄目だが、そうでなければ、植え直して使えそうだった。

再び植えられるものは、取っておく。足りないと思ったが、再利用ができるならば、二つの畑にすべて植えられそうだった。角次郎は、胸を撫《な》でおろした。

「おい。もう少し畝を高くしろ。そこは水はけが悪いからな」

「分かった。これでいいかな」

「上出来だ」

岩吉と豊次郎は、諍《いさか》いを起こさなくなった。どちらも必死で寅造の一味と闘った。絆《きずな》ができたのかもしれなかった。

ふみが太吉を連れて、手伝いに来た。

八丈島での暮らしは厳しい。しかしあきらめずにことをなして行けば、生きる道が拓《ひら》けてくる。まさか自分で食べ物を育てるようになるとは思わなかった。

赤甘藷は、八丈島での食の基本になる。一緒になった四人の生きる糧だが、まだ充分とはいえなかった。量を増やしたいと考える。

角次郎には、島に長くいる気持ちはない。お万季や善太郎、お波津らは店を守り、嶋津と力を合わせて、事件の真相解明に当たってくれているはずだった。ただいつ出られるかは、自身ではどうにもならないことだった。

それまでは島で生きてゆく。島での日々はついでにとか、とりあえずといった気持ちでは、乗り切れない。その折その折に、精いっぱいできることをする。取り立てて辛《つら》いことではなかった。大黒屋と共に過ごしてきた、角次郎のこれまでと重なる。

「できましたぜ。どうです」

卯作が、再生した畝に目をやりながら言った。どこか誇らし気だ。岩吉や豊次郎、ふみや太吉がにこにこしている。

「赤甘藷は強いぞ。我々もあやかろうではないか」

角次郎が言うと、一同が頷《うなず》いた。赤甘藷の苗の、植えつけが始まる。

本書は書き下ろしです。

新《しん》・入《い》り婿《むこ》侍《ざむらい》商《あきな》い帖《ちよう》

遠島《えんとう》の罠《わな》（二）

千《ち》野《の》隆《たか》司《し》

令和２年　９月25日　初版発行

発行者●青柳昌行

発行●株式会社KADOKAWA
〒102-8177　東京都千代田区富士見2-13-3
電話　0570-002-301（ナビダイヤル）

角川文庫 22343

印刷所●株式会社暁印刷
製本所●本間製本株式会社

表紙画●和田三造

ISBN 978-4-04-109418-1　C0193

角川文庫発刊に際して

角川源義

第二次世界大戦の敗北は、軍事力の敗北であった以上に、私たちの若い文化力の敗退であった。私たちの文化が戦争に対して如何に無力であり、単なるあだ花に過ぎなかったかを、私たちは身を以て体験し痛感した。西洋近代文化の摂取にとって、明治以後八十年の歳月は決して短かすぎたとは言えない。にもかかわらず、近代文化の伝統を確立し、自由な批判と柔軟な良識に富む文化層として自らを形成することに私たちは失敗して来た。そしてこれは、各層への文化の普及滲透を任務とする出版人の責任でもあった。

一九四五年以来、私たちは再び振出しに戻り、第一歩から踏み出すことを余儀なくされた。これは大きな不幸ではあるが、反面、これまでの混沌・未熟・歪曲の中にあった我が国の文化に秩序と確たる基礎を齎らすためには絶好の機会でもある。角川書店は、このような祖国の文化的危機にあたり、微力をも顧みず再建の礎石たるべき抱負と決意とをもって出発したが、ここに創立以来の念願を果すべく角川文庫を発刊する。これまで刊行されたあらゆる全集叢書文庫類の長所と短所とを検討し、古今東西の不朽の典籍を、良心的編集のもとに、廉価に、そして書架にふさわしい美本として、多くのひとびとに提供しようとする。しかし私たちは徒らに百科全書的な知識のジレッタントを作ることを目的とせず、あくまで祖国の文化に秩序と再建への道を示し、この文庫を角川書店の栄ある事業として、今後永久に継続発展せしめ、学芸と教養との殿堂として大成せんことを期したい。多くの読書子の愛情ある忠言と支持とによって、この希望と抱負とを完遂せしめられんことを願う。

一九四九年五月三日

角川文庫ベストセラー

入り婿侍商い帖
関宿御用達
千野隆司

旗本家次男の角次郎は縁あって米屋の大黒屋に入り婿した。関宿藩の御用達となり商いが軌道に乗り始めた矢先、舅・善兵衛が人殺しの濡れ衣で捕まり……妻と心を重ね、家族みんなで米屋を繁盛させていく物語。

入り婿侍商い帖
関宿御用達（二）
千野隆司

旗本家次男の角次郎は縁あって米屋の大黒屋に入り婿した。米の値段が下がる中、仕入れた米を売るために、角次郎は新米を江戸に運ぶ速さを競う新米番船に参加する。妻と心を重ね米屋を繁盛させていく物語。

入り婿侍商い帖
関宿御用達（三）
千野隆司

旗本家次男の角次郎は縁あって米屋の大黒屋に婿入りした。ある日、本所深川一帯で大火事が起こり、大黒屋の店舗も焼失してしまう。大黒屋復活のため角次郎は動き出す。妻と心を重ね米屋を繁盛させていく物語。

入り婿侍商い帖
出仕秘命（一）
千野隆司

旗本家次男の角次郎は縁あって米屋の大黒屋に婿入りした。ある日、実家の五月女家を継いでいた兄が不審死を遂げる。御家存続と兄の死の謎解明のため、角次郎は実家に戻って家を継ぎ、武士となるが……。

入り婿侍商い帖
出仕秘命（二）
千野隆司

旗本家次男だった角次郎は縁あって商家に入り婿した。だが実家を継いでいた兄が不審死を遂げ、角次郎は実家に戻り勘定方となる。兄の死に勘定奉行の大久保と田安家が絡んでいることを突き止めた角次郎は……。

角川文庫ベストセラー

隠密同心

小杉健治

隠密廻り同心のさらに裏で、武家や寺社を極秘に探索する隠密同心。父も同役を務めていた市松は奉行から密命を受け、さる大名家の御家騒動を未然に防ごうと捜査を始める。著者が全身全霊で贈る新シリーズ！

隠密同心（二）
黄泉の刺客

小杉健治

佐原市松は奉行から密命を受け、さる大名家の御家騒動を未然に防ごうと飾り職人になりすまし三河町の長屋に移り住む。〝風神一族〟が関与しているらしいがその正体は杳として摑めず…大好評シリーズ第2弾！

隠密同心（三）
裏切りの剣

小杉健治

杳として正体のつかめぬ風神一族。飾り職人になりすました佐原市松は、その行方を追っていたが、ついにその手掛かりを得た。時機をみて、直接対決に持ち込もうとする市松だったが……。

幻の孤影（一）
隠密同心

小杉健治

同じ太刀筋の傷を受けた3人の死体。そのつながりはどこに？　佐原市松が敵陣に潜入して探索を進めるうち藩ぐるみの壮大な悪事が明らかになり……緊迫した死闘が繰り広げられる大人気シリーズ第4弾！

幻の孤影（二）
隠密同心

小杉健治

悪を裁くためには時に自ら悪に染まり、非情に徹しなければならないのか。敵と知りながら敢えて囮になって潜入捜査を進める市松にシリーズ最大の試練が訪れて……。大好評の書き下ろし時代小説第五弾！

角川文庫ベストセラー

新火盗改鬼与力 風魔の賊
鳥羽　亮

日本橋の両替商に賊が入り、二人が殺されたうえ、千両余が盗まれた。火付盗賊改方の与力・雲井竜之介は、卑劣賊なを追い、探索を開始するが—。最強の火盗改鬼与力、ここに復活！

新火盗改鬼与力 隠し剣
鳥羽　亮

日本橋の薬種屋に賊が押し入り、手代が殺されたうえ、大金が奪われた。賊の手口は、「闇風の芝蔵」一味と酷似していた。火付盗賊改方の与力・雲井竜之介は、必殺剣の遣い手との対決を決意するが——。

新火盗改鬼与力 御用聞き殺し
鳥羽　亮

浅草の大川端で、岡っ引きの安造が斬殺された。彼は浅草を縄張りにする「鬼の甚蔵」を探っていたのだ。火付盗賊改方の与力・雲井竜之介は、手下たちとともに聞き込みを始めるが——。書き下ろし時代長篇。

手蹟指南所「薫風堂」
野口　卓

よく遊び、よく学べ——。人助けをしたことから手蹟指南所の若師匠を引き受けた雁野直春。だが彼には複雑な家庭事情があった……「軍鶏侍」「ご隠居さん」シリーズで人気の著者、待望の新シリーズ！

三人娘 手蹟指南所「薫風堂」
野口　卓

初午の時期を迎え「薫風堂」に新しい手習子がやってきた。四カ所の寺子屋に断られたほどの悪童を、師匠の雁野直春は、引き受ける決心をする。一方、二人の武家娘が直春を訪ねてくるが……。